GRAN ANGULAR

Nadar o morir

ARTURO PADILLA DE JUAN

sm

Primera edición: septiembre de 2015
Cuarta edición: septiembre de 2018

Gerencia editorial: Gabriel Brandariz
Coordinación editorial: Alejandra González
Coordinación gráfica: Lara Peces
Cubierta: Julián Muñoz

Impresores, 2
Parque Empresarial Prado del Espino
28660 Boadilla del Monte (Madrid)
www.grupo-sm.com

ATENCIÓN AL CLIENTE
Tel.: 902 121 323 / 912 080 403
e-mail: clientes@grupo-sm.com

ISBN: 978-84-9107-784-8
Depósito legal: M-19478-2018
Impreso en la UE / *Printed in EU*

A Cristian,
un gran amigo
que saca lo mejor de mí.

1

–¡Muy bien, chicos! ¡Acabamos por hoy! –anunció Santi tocando el silbato–. ¡Todos a las duchas!

Los alumnos fueron saliendo de la piscina y se encaminaron extenuados a los vestuarios. Las pruebas de natación habían sido muy duras. Realizaban las clases de Educación Física en la piscina cubierta del gimnasio municipal, y Santi, el profesor, cada vez era más exigente con los ejercicios de natación. Se acercaban las evaluaciones finales y el estrés de aquel primer año de bachillerato se aunaba con la llegada del calor veraniego.

Bruno fue el último en entrar en el vestuario. Escuchó varias risas y murmullos cuando abrió la puerta. Sus compañeros estaban apiñados alrededor de El Lagartija y percibió cómo todos enmudecían al verlo aparecer. Eso le dio mala espina. Caminó hasta su taquilla sin inmutarse, introdujo la llave en la cerradura y sacó la bolsa que contenía la toalla y la ropa de recambio.

–¡Este vídeo también es buenísimo! –comentó El Lagartija entre su séquito–. Mirad el piño que se da el motorista.

El Lagartija sostenía el móvil para que todos pudieran ver la pantalla. Bruno se tranquilizó al saber el motivo de las risas. Aun así, no bajó la guardia. De El Lagartija no podía fiarse. Se desvistió en silencio, en una esquina del vestuario, mientras sus compañeros contemplaban el vídeo con expectación. Quería pasar desapercibido, pero tenía la sensación de que sus compañeros le lanzaban miradas furtivas de vez en cuando.

Después de haberse desnudado, se puso las chanclas y se encaminó hacia las duchas con el gel y la toalla. Era el primero en ducharse. Dejó la toalla en los colgadores y se dirigió a la última cabina.

No quería ningún trato con sus compañeros. Le daba igual no tener amigos en clase, solo pretendía sacarse el bachillerato y largarse de allí cuanto antes. Lo único que pedía era que lo dejaran tranquilo, pero eso no siempre ocurría. El Lagartija se había empeñado en hacerle la vida imposible y había conseguido ganarse el apoyo del resto de los compañeros. Era un chico astuto y maquinador, pero sabía ser rápido y escurridizo como una lagartija cuando había problemas. Por eso, tenía la intuición de que estaba tramando algo cuando había entrado en el vestuario.

Presionó el botón de la ducha. Escuchaba las risas de sus compañeros en el vestuario, pero dejó de prestarles atención en cuanto el agua empezó a caer. Levantó el mentón mientras el chorro impactaba contra su cara y le recorría el cuello, el pecho y el resto del cuerpo. Estuvo varios minutos bajo el agua revitalizadora de la ducha. Cuando abrió los ojos, aún seguía solo. Normalmente, todos los chicos querían ser los primeros en ducharse para aprovechar la media hora de recreo que les quedaba después de clase. ¿Por qué tardaban?

Se enjabonó deprisa. Ya no escuchaba las risas de sus compañeros en el vestuario. Ni siquiera oía murmullos. Reinaba un silencio sepulcral. Se aclaró con gran rapidez. Los chorros de agua le acribillaron la piel como mil agujas. El corazón le empezó a latir más fuerte. Al salir de la ducha, un escalofrío le sacudió el cuerpo.

Su toalla había desaparecido de los colgadores.

Al acceder al vestuario, sus peores temores se confirmaron. No había nadie. Lo habían dejado completamente solo. Sus ojos se clavaron en la taquilla donde había dejado la bolsa deportiva. Estaba vacía.

Los latidos del corazón retumbaron en las cuatro paredes del vestuario. Empezó a abrir las taquillas desesperadamente. Todas estaban vacías. También buscó en los altillos, en las papeleras, en los lavamanos..., pero no encontró ni rastro de la bolsa.

–¡Eh! ¡Devolvedme la ropa! –gritó acercándose a la puerta del vestuario–. ¡No me hace ninguna gracia!

Solo obtuvo el silencio por respuesta.

–¡Sois unos desgraciados! ¡Devolvedme la ropa!

Gritaba al vacío.

Dio un puñetazo en la puerta. El Lagartija no tenía ninguna intención de devolverle la ropa. Disfrutaba humillándolo. Seguramente habría escondido la bolsa en alguna parte del gimnasio y esperaba que saliera a buscarla desnudo. Solo de pensar en la idea, una parálisis se adueñaba de su cuerpo.

Se miró en el espejo del vestuario. El reflejo le devolvía la imagen de un chico fuerte, atlético, aparentemente imbatible, pero sus ojos delataban un interior frágil y atormentado. Sus pupilas traslucían un oscuro sentimiento de culpabilidad que minaba su autoestima. No era una buena persona. Quizás estuviera pagando por ello...

Entreabrió la puerta del vestuario.

El pasillo estaba despejado. No sabía dónde estarían sus compañeros, pero seguro que no andaban muy lejos. Pensó que la mejor opción sería pedir una toalla en recepción. Después buscaría la bolsa.

Salió del vestuario tapándose por delante. En ese instante, la luz de un flash lo deslumbró. Al abrir los ojos, distinguió una sombra que corría por el pasillo hasta desaparecer. El Lagartija. Era imposible alcanzarlo.

Un sudor frío le abrasó la piel. Caminó deprisa por el pasillo. Al llegar a recepción, se escondió detrás de una columna y desde allí le pidió una toalla a la recepcionista. La chica enseguida le trajo una toalla y se la entregó mirando hacia otro lado.

–Muchas gracias –expresó aliviado mientras se enrollaba la toalla por la cintura–. Por cierto, ¿no habrás visto una bolsa Adidas de color negro?

–Creo que tus compañeros se la han llevado –le dijo la recepcionista con cierta compasión–. Han salido hace cinco minutos.

Bruno inspiró hondo mientras contemplaba la puerta del gimnasio. ¿Qué podía hacer? Una opción sería pedirle ayuda a Santi. El profesor solía ser de los últimos en salir y le podría echar una mano buscando la bolsa. Además, también era el tutor de clase y seguramente no pasaría por alto lo sucedido. Aun así, prefirió no avisarlo. Eran sus problemas y no le gustaba dar pena a nadie ni que se compadecieran de él.

Salió del gimnasio con la toalla enrollada. Hacía un sol de justicia. Se puso la mano de visera mientras observaba su alrededor.

Escuchó unas risas tras de sí.

–¡Qué sexy sales a la calle!

Bruno se giró maldiciendo su suerte.

Se encontró a Mónica y dos amigas suyas sentadas en un banco. Las tres lo contemplaban con una sonrisa burlona.

–¡No estoy de humor!

–¿Estás buscando algo? –preguntó Mónica con un brillo pícaro en los ojos.

–Nada.

–Entonces, supongo que no será tuya esta bolsa negra... –reveló mostrándole la bolsa deportiva bajo el banco.

Bruno suspiró resignado.

–Dámela.

Mónica se puso de pie.

–¿Y por qué tendría que hacerlo?

Se quedaron uno frente al otro. Mónica lo contemplaba con unos ojos desafiantes y altivos mientras una peligrosa sonrisa se esbozaba en sus labios. Había que reconocer que era la chica más atractiva del curso, y especialmente cuando exhibía aquella sonrisa sensual y malévola.

–Mónica, dame la bolsa.

–¿Y qué gano yo a cambio?

–No empecemos con jueguecitos. Dámela.

–¡Está bien, aquí la tienes! –dijo entregándosela con brusquedad.

Bruno la cogió de improviso con los dos brazos. Mónica se le acercó con un centelleo en sus ojos verdes.

–Me gusta cuando te enfadas –le susurró al oído mientras le acariciaba la cintura.

Bruno la contempló inmóvil mientras notaba su mano deslizándose lentamente hacia abajo.

–Ahora ya tienes lo que querías –prosiguió con una voz melosa–. Por eso no necesitarás la toalla.

Al instante, le quitó la toalla que llevaba puesta. Bruno se cubrió enseguida con la bolsa deportiva y, sin saber qué decir, entró de nuevo en el gimnasio, dejando atrás las risas estúpidas de las chicas.

Abrió la puerta de casa. Había sido una mañana horrible, uno de esos días en que todo salía mal. Tenía el ánimo por los suelos. Sus compañeros le hacían sentir un ser despreciable a quien podían insultar y degradar al extremo. Su vida no valía nada, no tenía amigos, no tenía ilusiones, no tenía dignidad. Muchas veces pensaba que sería mejor acabar con todo. Incluso se había preguntado cuántas personas asistirían a su funeral. Aparte de la familia, dudaba que asistiera algún compañero de clase. No le importaba a nadie.

El Lagartija se la tenía jurada y aprovechaba cualquier oportunidad para burlarse de él. Como líder carismático que era, siempre conseguía que el resto de los compañeros secundaran sus propuestas. Todos lo respetaban o temían, pero nadie le llevaba la contraria. Mónica era un caso aparte. Ella no se dejaba mandar por nadie y tenía una relación con Bruno bastante peculiar. Mientras que algunas veces se le insinuaba con descaro, otras veces no dudaba en humillarlo, así que resultaba difícil entender su comportamiento.

Entró en el comedor y se dejó caer en el sofá. Había decidido no ir a clase después del recreo. Sus padres estaban trabajando, así que no podían controlar lo que hacía. Seguramente no los vería hasta la hora de cenar, pues los dos trabajaban muchas horas para hacer frente a la hipoteca y otras deudas.

Flecha dio un golpecito en el cristal del acuario, como si aquel pececito quisiera llamar su atención. Bruno se levantó del sofá y se aproximó al acuario que presidía la estantería del comedor. Era un acuario de agua salada grande y majestuoso, lleno de algas, rocas y corales. No obstante, solo lo poblaba un único inquilino.

–Veo que tienes hambre, ¿eh?

Abrió el bote de comida y arrojó varias virutas en el agua.

El pececito fue comiéndose las virutas mientras se movía a una velocidad fugaz dentro del acuario, de ahí el nombre de Flecha. No sabía de qué especie era, pero había muchos iguales cuando se hizo con él en la Costa Brava. Tenía las escamas doradas y brillantes, con unas líneas azules y rojizas que pincelaban su cuerpo.

Estuvo un rato contemplándolo. En realidad, cuidar de aquel pececito era lo único que le hacía feliz, la única motivación que tenía para levantarse cada día. Representaba mucho para él. Después de lo que había ocurrido un año atrás, era todo cuanto le quedaba y se sentía obligado a protegerlo. Sus padres habían insistido en comprar más peces, pero él siempre rechazaba la idea porque no quería correr el riesgo de que otros peces lo atacaran.

Se levantó para desperezarse y se dirigió a la habitación.

Como no tenía nada que hacer, encendió el ordenador portátil y accedió a la cuenta de Facebook. Al abrir la página, vio la notificación de que lo habían etiquetado en una nueva foto. Tuvo un mal presentimiento. Al clicar en la notificación, sus pupilas se empequeñecieron.

Él saliendo desnudo del vestuario.

Como cabía suponer, El Lagartija había sido el artífice de la foto. Varios compañeros de clase ya habían escrito comentarios. Los leyó detenidamente mientras se le humedecían los ojos y le temblaban los labios. Comentarios sarcásticos, hirientes, de burla.

Dejó de leer y se levantó con ímpetu.

–¡Basta ya!

Empezó a dar vueltas en medio de la habitación.

–¡Dejadme en paz! –gritó a las cuatro paredes–. ¡Dejadme en paz!

La voz se le quebró. Las lágrimas se deslizaban por sus mejillas.

Volvió a ver la foto en la pantalla. Se acercó al ordenador y dio un fuerte puñetazo en el teclado.

–¡Ya he pagado por lo que hice!

2

Puso el cronómetro a cero, respiró hondo y presionó el botón.

Se dio el primer impulso y empezó a nadar. Tenía la cabeza sumergida y cada dos brazadas ladeaba el cuello para coger aire. Mientras movía los brazos, aleteaba las piernas con gran rapidez. Su cuerpo avanzaba acariciando el agua.

Tenía que superarse. Tenía que hacer mejor tiempo que el día anterior. Siempre buscaba mejorar su última marca, aunque fuera cuestión de centésimas de segundo. No podía permitirse el lujo de empeorar.

Todas las noches entrenaba en la piscina cubierta del pueblo. Le gustaba ir a última hora del día porque no había nadie. De hecho, el socorrista se ponía a hablar tranquilamente por teléfono mientras él nadaba.

Llegó al final de la piscina, dio una voltereta y se impulsó de nuevo.

Cuarenta piscinas. Mil metros. Un objetivo duro. Cada brazo entraba y salía del agua con determinación. Los latidos del corazón retumbaban bajo el agua. El aleteo de los pies dejaba una estela efervescente a su paso. No podía detenerse. Se había prometido que nunca más lo haría. Los recuerdos lo transportaron un año atrás. Aún se veía a sí mismo nadando en el mar. Las olas lo arrastraban hacia las rocas. Estaba tragando mucha agua. Los ojos le escocían del picor. Hacía esfuerzos por continuar, pero no podía más. Los músculos se le agarrotaban. Los brazos se le hacían de plomo. Las fuerzas se le escapaban por la boca. Miraba atrás negando con la cabeza.

No podía más. Se rendía.

Tocó la pared de la piscina y se impulsó.

Siguió nadando sin pensar más en aquello. Distraía su mente contando las brazadas y las piscinas que llevaba hechas. Cuando llegó a la piscina número cuarenta, detuvo el cronómetro del reloj.

16 minutos, 34 segundos y 20 centésimas.

Estaba satisfecho. Había mejorado su anterior marca en prácticamente un segundo. Salió del agua, se despidió del socorrista y se encaminó a los vestuarios.

–Al final recuperaste tus cosas, ¿no? –le preguntó la recepcionista.

Bruno salía del complejo deportivo.

–Eh, sí... –contestó desprevenido mientras se paraba delante del mostrador–. Tú eres la misma recepcionista de esta mañana, ¿verdad?

–Sí. Ya veo que no te acuerdas de mí.

–Perdona, no había caído.

–Estoy acostumbrada. La gente solo recuerda mi cara cuando quiere quejarse de algo.

–¿Pero cuántas horas llevas aquí metida?

–Suelo hacer ocho horas, pero hoy cubría a la compañera de la mañana un par de horas. Me lo ha pedido como favor.

–Entonces, ¿tú sueles estar por las tardes?

–Hasta la hora de cerrar. Te veo todas las noches cuando vienes a nadar.

Bruno frunció el ceño. No le sonaba su cara, aunque debía reconocer que nunca se había fijado en la recepcionista del gimnasio. Era una chica joven, prácticamente de su edad, y parecía simpática. La consideraba bastante atractiva. Llevaba unas gafas de pasta que realzaban sus ojos color miel. Tenía un pelo negro brillante y su piel era tersa y blanca. Se sintió realmente avergonzado de haberla pasado por alto.

–¿Te preparas para alguna competición? –le preguntó la chica tras una pausa.

–No. ¿Por qué lo dices?

–Porque entrenas bastante duro. Me imaginaba que quizás te preparabas para algún campeonato.

–Voy por libre. ¿Y cómo sabes que entreno duro? –quiso saber Bruno entrecerrando los ojos.

–Me lo dice el socorrista.

–O sea, que el socorrista y tú habláis de mí cuando me voy... –dedujo con media sonrisa.

–De algo hay que hablar –contestó con total normalidad–. Hoy has dado bastante juego, la verdad.

La sonrisa de Bruno se marchitó. La chica percibió su cambio de semblante.

–No quería ofenderte, lo siento –se excusó entrecortadamente.

–No pasa nada. Mis compañeros siempre me acaban haciendo la púa.

–Pero... ¿por qué?

Bruno suspiró.

–¡Yo qué sé! Había que meterse con alguien y me ha tocado a mí.

La recepcionista se mordió el labio mientras lo contemplaba con ojos compasivos. Bruno odiaba dar pena. No quería que nadie se compadeciera de él.

–¿Sabes? Me encantaría ser tú y pasar desapercibido para todo el mundo. ¿Te imaginas que pudiéramos cambiarnos los papeles?

–¡Ah, no! A mí no me hagas pasarme por ti.

–¿Por qué no? Se le coge gustillo al ir desnudo por el gimnasio. Tendrías que probarlo. Ya verás cómo la gente se acuerda más de ti.

Se echaron a reír. El socorrista salió de la piscina en aquel instante. Se sorprendió de verlos reír juntos, así que tan solo firmó la hoja de control que había en el mostrador y se despidió haciéndole un guiño a la chica.

Ella puso los ojos en blanco y se despidió de él.

–Bueno, es hora de cerrar –dijo cogiendo el bolso y las llaves.

Apagó las luces, salió del mostrador y se dirigió a las puertas del gimnasio. Bruno la acompañó.

–Por cierto, me llamo Bruno –se presentó él mientras ella cerraba la puerta.

–Sí, ya lo sé. Me aparece tu nombre en el ordenador cada vez que pasas la tarjeta de usuario por el detector. Sé cómo te llamas, dónde vives y tu número de cuenta.

–¡Vaya! Lo sabes todo sobre mí, pero yo aún no sé nada sobre ti.

–Chico listo –corroboró con sarcasmo.

Emprendieron la marcha hacia el aparcamiento.

–Pues no es justo. Quiero que me cuentes cosas sobre ti.

–¿También quieres saber mi nombre, dirección y número de cuenta?

–Me conformo con el número de cuenta.

–¡Tonto! –dijo dándole un pequeño manotazo en el hombro.

–Ahora en serio. ¿Cómo te llamas?

Ella se detuvo delante de un Seat Ibiza, el único coche que quedaba en el aparcamiento.

–Me llamo Lidia –dijo mientras abría el coche con el mando a distancia.

–¿Este Ibiza es tuyo?

–Pues claro. Ya tengo los dieciocho. ¿Te pensabas que era una niñatilla como tú?

–Perdona, nos llevamos menos de un año.

–Pero nosotras maduramos antes.

–¡Vaya excusa!

Una brisa de aire les acarició los rostros. La luz de una farola los iluminaba en medio de aquel aparcamiento vacío mientras oían un concierto de grillos a su alrededor. Bruno hubiera deseado que se detuviera aquel instante, que la oscuridad engullera al resto del mundo y que solo quedaran ellos dos bañados por la luz dorada de aquella farola.

–Bruno, ¿cómo es que vienes tan tarde de nadar? –le preguntó su padre.

–Me he entretenido hablando con un amigo a la salida del gimnasio –contestó él.

Prefería decir *amigo* antes que *amiga*. Sabiendo cómo eran sus padres, no quería verse sometido a un interrogatorio.

–¿Y qué pasa con el móvil? –intervino la madre–. ¿No has visto todas las llamadas que te hemos hecho?

Bruno cogió el móvil y acudió al registro de llamadas. Tenía seis llamadas perdidas de casa.

–No me he dado cuenta, lo siento.

–Nos tenías muy preocupados. He llamado al gimnasio para saber si te había pasado algo, pero nadie cogía el teléfono.

–¿Para qué llamas? Tampoco he llegado tan tarde.

–Bruno, ¡son casi las once! Nunca llegas a estas horas.

–¡Por un día que me retraso, no es para tanto! –gritó nervioso.

La madre puso los brazos en jarras y lanzó una rápida mirada a su marido.

–¡Juan! ¿No tienes nada que decir? –le increpó–. ¡Tú también estabas preocupado!

–Bueno, Carmen, no tiene importancia –intentó poner paz el hombre–. No le ha pasado nada. Déjalo ya.

–¿Cómo que «déjalo ya»? –se irritó la madre sin dar crédito–. ¿Es que no se le puede decir nada? ¿Siempre se tiene que salir con la suya?

–Ha sido un despiste. El chaval es joven y es normal que quiera pasar tiempo con sus amigos. Ya nos avisará la próxima vez.

–¡Tú, ahora, defiéndelo! –le reprochó sulfurada–. Siempre me dejas a mí como la mala de la película.

–Eso no es verdad –le rebatió en tono conciliador.

–¿Te parece bien que me hable así? –expresó entre lágrimas.

–No, no me parece bien.

–¡Pues dile algo! ¡También es hijo tuyo!

El padre miró a Bruno con resignación.

–Tienes que hablar a tu madre con más respeto.

–¿Siempre tienes que hacer lo que ella te diga? –le echó en cara Bruno–. ¿No tienes criterio propio?

–Bruno, por favor, relájate. Entiende que tenías a tu madre preocupada...

–¡A los dos! –intervino ella con el dedo en alto.

–¡Dejadme en paz! –gritó Bruno con fuerza–. ¡Estoy harto! ¡Venía contento y me estáis amargando la noche!

Dicho esto, entró en la habitación y dio un portazo. Retumbaron las cuatro paredes del pasillo.

Bruno se tumbó en la cama y hundió la cara en la almohada. Escuchaba cómo sus padres continuaban discutiendo en el comedor. Se echaban las culpas el uno al otro. Su madre se quejaba de que su padre no la apoyaba, que venía tan cansado del trabajo que se desentendía de los problemas de casa. Su padre replicaba que exageraba las cosas, que últimamente estaba demasiado irritable. Estas discusiones siempre acababan girando en torno al mismo tema. El dinero. No estaban atravesando un buen momento. Tenían muchas deudas pendientes y ambos trabajaban muchas horas. A su madre le había afectado mucho la situación y llevaba unos meses muy susceptible. Algunas noches la oía llorar en la habitación. En alguna ocasión, sin que ella estuviera, su padre le había pedido que tuviera paciencia con su madre, que la situación económica la estaba sobrepasando. Seguramente tendrían que vender el piso e irse de alquiler.

Intentó taparse los oídos con la almohada.

Se sentía incomprendido por sus padres. Estaban tan absortos en sus problemas que eran incapaces de ver más allá de ellos. No se daban cuenta de que tenían un hijo de diecisiete años que estaba atravesando una situación muy delicada en el instituto. No se daban cuenta de que tenía una herida abierta que todavía no había cicatrizado. No se daban cuenta de que estaba pidiendo auxilio en silencio.

Su móvil vibró dos veces.

¿Quién podía ser a esas horas? Se levantó de la cama. Deseó que fuera Lidia. No se habían intercambiado los números de móvil, pero quizás ella hubiera conseguido el suyo en la base de datos del gimnasio. Sabía que era muy poco probable, pero le podía la ilusión por hablar con ella otra vez. Conocerla había sido lo mejor que le había ocurrido ese último año.

Cuando cogió el móvil, todas sus expectativas se desvanecieron. Tenía dos mensajes de El Lagartija. Un estremecimiento le recorrió las venas. Nada bueno podía provenir de él. Mientras leía los mensajes, la mano le empezó a temblar.

Mañana prepárate,
¡chivato de mierda!
No tendré piedad.

3

El Lagartija salió de casa.

Eran las ocho menos diez. Caminó deprisa hasta el portal de Pepelu, su mejor amigo. Lo llamaba así para acortar su nombre de pila, José Luis. Era un gran aliado que siempre respaldaba todas las iniciativas que se le ocurrían para humillar a Bruno, aunque no entendiera por qué la había tomado con él.

Al llegar al portal, llamó dos veces al interfono.

–Ahora bajo.

Lo esperó en la calle. Se fijó en una pequeña flor que crecía entre la baldosa y el bordillo de la acera. Puso la suela del zapato sobre la flor y la pisoteó con saña.

El resentimiento lo carcomía por dentro. No podía creer que Bruno se hubiera chivado. Nunca pensó que fuera capaz de hacerlo, pero había tenido que ser él. Ayer, Santi lo cogió por banda después del recreo y lo llevó al seminario de Educación Física para que le explicara qué había sucedido en el vestuario. Lo sabía todo. Santi no le reveló cómo se había enterado, pero había tenido que ser Bruno. Todos los demás chicos habían colaborado en la jugada, y ninguno sería tan tonto como para delatarse a sí mismo. ¿Cómo había podido irse de la lengua? Le estaba declarando la guerra...

Había tenido que aguantar la reprimenda de Santi durante más de una hora. El tutor aplicaba mano dura en esas situaciones, y había decidido que le abriría un expediente. Además, lo había amenazado con la expulsión del instituto el próximo curso. Él se había mantenido en silencio y no había contestado cuando Santi le había hecho prometer que esa conducta no se repetiría de nuevo.

No podía prometer cosas que no pensaba cumplir.

–¡Ey, Lagartija!

–¿Qué pasa, tío?

Los dos amigos se saludaron con su habitual choque de hombros y se pusieron a caminar en dirección al instituto.

–Has quitado la foto de Bruno del Face, ¿verdad? –observó Pepelu.

–Sí, no me la quería jugar después de la charla.

–Bruno es un bocazas –opinó el amigo con fastidio–, pero ahora no te achantes, ¿eh?

El Lagartija mantenía el rostro impasible, pero sus pupilas reflejaban la oscuridad que emanaba de su interior.

–Yo no me achanto –afirmó con voz grave–. Bruno es hombre muerto.

Pepelu sonrió complacido.

–Ese es El Lagartija que a mí me gusta.

En las puertas del instituto los esperaban Guille y Queipo. Las dos parejas se saludaron con su habitual choque de hombros.

–Bruno ya ha entrado –les informó Guille–. Hoy le damos candela, ¿no?

–¡Por supuesto! –afirmó Pepelu frotándose las manos.

–¿Qué tenéis pensado? –quiso saber Queipo.

Todas las miradas recayeron sobre El Lagartija.

–He tenido una idea –anunció él con voz grave–. Pero calma.

De camino a clase, se cruzaron con Santi por los pasillos. El profesor les dirigió una mirada de advertencia, como si pudiera adivinar sus intenciones, pero no les dijo nada. Con una mirada fue suficiente.

La profesora de Lengua aún no había llegado a clase. Algunos compañeros la esperaban en el pasillo. Otros charlaban dentro en pequeños grupitos. También había quienes aprovechaban para hacer los deberes en el último momento.

El Lagartija y los suyos entraron en clase chocando las manos de varios compañeros. Bruno estaba solo, sentado en un extremo del aula. Miraba abstraído a través de la ventana, pero se dio cuenta de que habían llegado. Ellos lo ignoraron por completo mientras se dirigían a la última fila.

–¡Hola, chicos! –los saludó Mónica mientras se les acercaba–. ¿Qué tal? Ya me han dicho que ayer tuviste bronca, Lagartija.

–¿A ti qué más te da? –le contestó él bruscamente.

Mónica se sentó encima de su mesa con naturalidad.

–Chicos, ¿podéis dejarnos solos? –les pidió a los amigos.

Pepelu, Guille y Queipo asintieron y salieron al pasillo.

Mónica forzó una sonrisa mientras se cruzaba de piernas.

–Te merecías la bronca. Llevas todo el curso haciéndole la púa.

El Lagartija la miró con una sonrisa de incredulidad.

–¿Me hablas en serio?

–¿Tú qué crees?

Él caminó lentamente hasta situarse detrás de ella y entonces la cogió por la cintura.

–Tú tampoco te quedaste corta ayer –le susurró al oído–. Te puso tonta, ¿verdad?

–Jugué con él.

–Eres perversa.

–Te equivocas. Yo no pretendo hacerle daño como tú.

–No me vengas de santita, Mónica, porque eres igual que yo.

Las miradas de ambos se encontraron a menos de un palmo de distancia. El Lagartija pudo verse reflejado en sus pupilas, pero percibía un fuego interior en sus ojos verdes que consumía su propio reflejo.

–No soy como tú –declaró Mónica–. Yo sé perdonar.

El Lagartija hizo una mueca de incomprensión.

–¿Qué estás diciendo?

–Que lo he perdonado.

El chico soltó su cintura lentamente.

–No puedes hablar en serio.

–Ya ha pagado por lo que hizo.

El Lagartija ensombreció su mirada mientras se apartaba de ella.

–Qué rápido te olvidas de todo, ¿no?

Mónica se levantó de la mesa con decisión.

–No me he olvidado, pero no es justo que te cebes con él.

–¿Desde cuándo eres su defensora?

Había alzado el tono de voz y algunos de los compañeros se habían girado hacia él. No le importaba. Contemplaba a Mónica mientras negaba con la cabeza. No podía ser cierto. Mónica, no. Después de todo lo que habían vivido...

–¡Buenos días! –saludó la profesora de Lengua entrando en clase–. ¡Todo el mundo a su sitio!

Los alumnos se fueron sentando perezosamente en sus asientos. No obstante, El Lagartija permanecía inmóvil enfrente de Mónica. Algo muy frágil se acababa de romper en su interior.

–Déjalo en paz –le pidió Mónica antes de darle la espalda.

Él no se movió. Siguió sus pasos sintiendo que cada pisada se le hundía en el corazón. Después se fijó en Bruno. Lo descubrió mirándolo en ese instante, pero el chico enseguida desvió la mirada, cohibido. El Lagartija inspiró hondo mientras cerraba las manos en puños. No tendría piedad.

La profesora de Lengua frunció el ceño y le hizo un gesto desde la mesa para que se sentara.

Lo hizo poco a poco.

Durante toda la clase, no pudo prestar atención. Sentía que Mónica lo había traicionado. Ella sabía mejor que nadie lo que había hecho Bruno. Ella había estado presente cuando ocurrió todo. Bruno le había hecho tanto daño como a él. ¿Y decía que lo había perdonado? Había cosas que no se podían perdonar jamás.

Bruno parecía un chico inofensivo, tranquilo, pero no tenía nada de inocente. Había demostrado ser una persona despreciable y orgullosa. Un año atrás, le había advertido que se apartara de su vista, pero Bruno había optado por quedarse en el mismo instituto. Después de lo que había hecho, ¿cómo podía seguir caminando por los pasillos con la cabeza alta? Le hervía la sangre cada vez que se cruzaba con él. No podía mirarlo a la cara sin sentir ganas de partírsela.

En realidad, se ensañaba con él para recordarle su culpabilidad. Quizás los demás preferían olvidar y pasar página, pero él no pensaba comportarse como si nada hubiera pasado. Por eso, buscaba cualquier situación para humillarlo y hacerle ver que no le quedaba dignidad.

Sus amigos eran fáciles de convencer; solo les hacía falta un líder que tomara la iniciativa. Ese curso, los tres amigos habían llegado de otro instituto donde no había líneas de bachillerato. Por sí mismos, ellos nunca la habrían tomado con Bruno, y apenas conocían los motivos que había implicados, pero les divertía meterse con alguien y apoyaban cualquier propuesta de El Lagartija. El resto de la clase actuaba por inercia.

Sonó el timbre escolar.

–¡Muy bien! Mañana corregiremos los ejercicios de la página 120 –anunció la profesora–. Acabadlos en casa.

Dicho esto, cerró el libro, recogió sus cosas y salió de clase.

Pepelu, Guille y Queipo se reunieron alrededor de la mesa de El Lagartija.

–¡Va, tío, cuéntanos!

–¿Qué le hacemos hoy?

El Lagartija los observó con unos ojos tan oscuros como dos agujeros negros.

A la hora del recreo, todos los alumnos salieron en desbandada de clase. El Lagartija y los suyos esperaron a Bruno en el pasillo. Él solía quedarse de los últimos. Cuando cruzó la puerta, lo siguieron de cerca.

Bruno caminó más deprisa, pero ellos lo alcanzaron.

–¡Ey, Bruno! –le saludó Pepelu mientras todos lo rodeaban–. ¿Tienes prisa?

–¡Dejadme tranquilo! –respondió mientras daba un paso.

El Lagartija lo agarró del brazo y lo detuvo a la fuerza.

–Espera un momento –ordenó–. ¿Pensabas que te saldrías con la tuya?

–Suéltame.

–¿Pensabas que nos rajaríamos?

–No sé de qué me hablas.

El Lagartija lo cogió del cuello y se le acercó hasta sentir su aliento. Pepelu, Guille y Queipo lo sujetaron de brazos y piernas.

–Eres un chivato de mierda.

–Yo no he dicho nada –se defendió Bruno con la cara enrojecida.

El Lagartija le presionó el cuello con más fuerza.

–¿Por qué no gritas y le pides ayuda a Santi?

Bruno abría la boca en busca de aire. El sudor afloraba en su piel. Intentaba zafarse de sus opresores, pero lo tenían bien inmovilizado. El Lagartija se dio por satisfecho y le soltó el cuello.

Bruno cogió una bocanada de aire.

–Los chivatos como tú sois lo peor. Hoy vas a aprender la lección –lo amenazó mientras suspendía unas llaves enfrente de su cara.

Era la una y media. Las clases de la mañana habían acabado, pero los martes también tenían clases por la tarde. El Lagartija, Pepelu, Guille y Queipo se dirigían hacia la salida cuando se toparon con Santi.

–Chicos, ¿habéis visto a Bruno?

–No –respondió Pepelu–. No estaba en clase.

–Pues yo juraría que lo he visto esta mañana.

–Ha estado en clase hasta la hora del recreo –le informó El Lagartija–, pero después no lo hemos visto.

Santi les clavó una mirada candente.

–¿Y vosotros no sabéis nada de él?

–Santi, parece que desconfíes de nosotros.

–Tengo mis motivos. No quiero enterarme de que le causáis más problemas.

–Santi, de verdad, no sabemos nada de él –le aseguró El Lagartija con la mano en el corazón.

El tutor inspiró con recelo.

–Está bien. Si lo veis, decidle que quiero hablar con él.

Los cuatro amigos contemplaron cómo se alejaba el tutor y siguieron caminando por el patio que daba acceso a la salida. Hacía un calor sofocante. No había ningún árbol en todo el patio, solo un cactus bastante dañado al lado de la entrada que reforzaba la imagen desértica del lugar. Cuando los amigos llegaron a la verja del instituto, se despidieron con sonrisas de complicidad. El Lagartija y Pepelu bajaron por la calle principal.

–Oye, ¿puedo hacerte una pregunta? –le pidió Pepelu tras un silencio.

–Suéltala.

El amigo carraspeó. Parecía que no estaba seguro de querer hacérsela, pero finalmente se lanzó.

–¿De verdad Bruno hizo aquello?

El Lagartija no se sorprendió. Sabía que tarde o temprano surgiría el tema. Continuó caminando con la vista puesta enfrente.

–Algún día te lo explicaré.

Nunca lo haría. No quería descubrirle su parte más vulnerable. En realidad, Pepelu y los otros eran amigos circunstanciales. Sabía que cuando acabara el bachillerato no los volvería a ver, así que no quería forjar una amistad íntima con ellos. El instituto era la selva. Necesitaba aliados para sobrevivir, pero tenía que ser fuerte para imponerse. No podía mostrar ningún resquicio de debilidad; de lo contrario, su liderazgo podría verse cuestionado. Cuanto menos supieran los demás de él, más autoridad tendría. Por lo tanto, prefería potenciar la imagen de chico fuerte entre sus amigos.

Un chico sin fisuras.

El asiento de Bruno seguía vacío durante las dos clases de la tarde. Los profesores de Inglés y Filosofía preguntaron si alguien sabía qué le pasaba a Bruno, pero todos los alumnos se encogían de hombros. Nadie lo había visto desde la hora del recreo.

Sonó el timbre anunciando el fin de las clases. Mientras El Lagartija cerraba la mochila, Mónica se acercó a su mesa.

–¿Dónde está?

–¿Dónde está quién?

–Lo sabes perfectamente.

El Lagartija se echó hacia atrás divertido, apoyándose en las patas traseras de la silla.

–¿Te refieres a Bruno? ¡Yo qué sé!

Mónica se cruzó de brazos, escéptica.

–A mí no me engañas. Tú sabes dónde está.

–No me des el peñazo. Se habrá ido a su casa.

–He llamado y no cogían el teléfono. No está en su casa.

–Pues entonces no tengo ni idea.

Mónica clavó la mirada en Pepelu, Guille y Queipo.

–¿Se puede saber qué le habéis hecho?

–¡Eh! ¡Más tranquilita!

–¿Por qué siempre tenemos que ser nosotros?

Mónica se centró de nuevo en El Lagartija. Este parecía disfrutar con la situación.

–No sé cómo te atreves. Me has decepcionado mucho.

–Mónica, ¿crees que voy a jugármela después del broncazo de Santi? –razonó–. Paso, por muy chivato que sea Bruno.

Los ojos verdes de Mónica se agitaron. Un viento huracanado sacudía la selva esmeralda que se concentraba en su mirada.

–No fue Bruno quien se chivó a Santi –declaró con voz contundente–. Fui yo.

El Lagartija se echó hacia adelante con la silla. Su expresión burlona se recubrió de oscuridad.

–¿Se puede saber qué te pasa? –le gritó enfurecido–. ¿Por qué haces eso?

–No te tengo que pedir permiso. Lo que está mal, está mal.

–Eres lo peor. ¿Qué pasa? ¿Te mola el imbécil ese?

El huracán de los ojos de Mónica creó un poderoso torbellino alrededor de ellos dos. Sus cuerpos temblaban mientras todo daba vueltas. Ella no pudo retenerse y le dio un tortazo.

El Lagartija giró la cara lentamente, pero no reaccionó.

–Si no aparece Bruno, llamaré a la policía –le advirtió antes de marcharse.

El Lagartija y sus amigos se quedaron solos en clase. Durante unos segundos, ninguno de ellos se atrevió a hablar.

–La llave –pidió El Lagartija secamente.

Pepelu rebuscó en su bolsillo y le dio una pequeña llave metalizada.

Los cuatro salieron de clase en silencio. El edificio estaba desierto. Todo el mundo se había marchado y solo debían de quedar los conserjes. Pasaron delante de la sala de profesores. Aún se escuchaban algunas voces dentro. Sigilosamente se dirigieron a la planta subterránea del instituto. Allí solo estaban los almacenes, las salas de tecnología y el cuarto de la limpieza. Los cuatro se detuvieron ante la puerta de ese cuarto.

El Lagartija introdujo la llave en la cerradura. Hacía unos meses, un profesor les autorizó para que solicitaran la llave en conserjería y después se le olvidó pedírsela. Por eso tenían la llave en su poder.

La puerta se abrió.

La tenue luz del pasillo iluminó la cara de Bruno, que estaba amordazado con un trapo. Tenía las piernas y las manos maniatadas con otros trapos. El chico los contempló entrecerrando los párpados. Tenía los ojos enrojecidos y las mejillas resecas de haber llorado.

El Lagartija le quitó la mordaza.

–Dale las gracias a Mónica –le dijo con indiferencia–. Si fuera por mí, te hubieras podrido aquí.

4

Bruno se ajustó las gafas de natación, inspiró hondo y contempló los veinticinco metros de piscina que se extendían ante él.

Activó el cronómetro y empezó a nadar.

La natación tenía un efecto terapéutico en él. A lo largo del día acumulaba muchos nervios en el cuerpo, pero cada vez que nadaba descargaba toda esa tensión en el agua. La piscina se iba electrificando con cada brazada.

Sus manos cortaban el agua.

Sentía rabia.

No había podido defenderse cuando El Lagartija y su pandilla lo habían acorralado y lo habían llevado al cuarto de la limpieza. Los había contemplado enardecido cuando lo sujetaban entre todos para amordazarlo y maniatarlo. «Vas a aprender a tener la boca cerrada, desgraciado», le había dicho El Lagartija antes de escupirle a la cara. Y allí lo habían encerrado, a oscuras, rodeado de cubos, escobas y fregonas. Las horas se le habían hecho interminables. Había intentado gritar, había intentado moverse, pero no había servido de nada. Solo le quedaba esperar. Acurrucado en una esquina, había apoyado la frente sobre las rodillas mientras los ojos se le llenaban de lágrimas.

Sus piernas daban patadas impetuosas al agua.

No podía detenerse.

Las olas del mar lo sacudían con violencia. No tenía fuerzas para chapotear más. El oleaje lo arrastraba como un muñeco inerte hacia las rocas. Apenas podía mantenerse a flote, solo le sobresalía la mitad de la cabeza. Intentaba coger bocanadas de aire, pero tragaba cada vez más agua. La sal le resecaba la garganta. Sentía cómo una poderosa fuerza lo succionaba hacia el fondo. Dejaba de mover las piernas. Dejaba de mover los brazos. Dejaba de luchar.

Tocó la pared de la piscina y se detuvo en la repisa para coger una bocanada de aire. El corazón le latía a mil por hora.

–Bruno, ¿estás bien?

Intuyó la figura del socorrista a través del cristal empañado de las gafas.

–Sí, sí, estoy bien –le contestó aún jadeando

Observó el cronómetro del reloj. El tiempo seguía corriendo. No podía permitirse el lujo de distraerse. Inspiró hondo y se dio un nuevo impulso.

–¿Qué te ha pasado hoy?

Lidia lo estaba esperando para cerrar.

–¿A qué te refieres?

La chica apagó las luces del gimnasio y salió del mostrador.

–El socorrista me ha dicho que te has puesto nervioso y te has tenido que parar para coger aire.

Bruno bajó la cabeza.

–No ha sido nada.

Lidia cerró la puerta del gimnasio.

–Creo que te lo tomas muy en serio.

–Puede ser –reconoció–, pero tengo que nadar cada vez más rápido.

–¿Y eso por qué? Si no entrenas para ninguna competición, no entiendo por qué te obsesionas tanto.

Bruno cerró los ojos. Aún se veía a sí mismo bamboleado por las olas del mar. Si hubiera sabido nadar más rápido, si no hubiera tirado la toalla... habría podido llegar a tiempo. Ahora, un año después, nadar constituía su penitencia.

–Es un reto personal.

Lidia lo observó entrecerrando los ojos.

–Te gusta hacerte el interesante conmigo, ¿verdad?

Caminaban por el aparcamiento. Las luces de las farolas iluminaban el vuelo fugaz de varios murciélagos que después se fundían en la oscuridad.

–Tú solo ves una pequeña parte de mí –aseguró con voz grave–, pero todavía no me conoces.

–¿Y debería asustarme?

Bruno no contestó. Lidia esbozó una sonrisa.

–No tienes pinta de peligroso. Lo que veo de ti me gusta.

El chico se sorprendió. Se habían detenido enfrente del coche, bajo la luz de una farola.

–¿Y qué ves de mí?

–Que eres buena persona.

–Todavía no me conoces.

–Es una intuición. Creo que tienes buen fondo.

–Pues debes de ser la única que piensa así.

–No creo.

–¿Que no? En mi clase me tienen el mismo cariño que al cactus del patio.

Lidia lo miró extrañada y divertida a la vez.

–¿Qué cactus?

–Uno que tenemos en la entrada. La gente le ha cogido manía y le da patadas sin motivo.

–¿Y te sientes identificado con ese cactus?

–Me da pena. No lo tratan bien.

A Lidia se le escapó una risotada.

–Veo que te preocupan los cactus.

Bruno no pudo evitar sonreír.

–No me estás tomando en serio.

–Sí que te tomo en serio –le aseguró mordiéndose el labio–. Me ha quedado claro que los cactus y tú tenéis mucho en común.

Los dos se miraron un instante y se echaron a reír. Lo hacían con tantas ganas que les faltaba el aire para respirar. A su alrededor, los grillos cantaban con más fuerza para superar sus carcajadas y las estrellas brillaban con más intensidad para competir con las chispas que desprendían bajo la luz de la farola.

–Ahora en serio –consiguió pronunciar Lidia–. A mí me gustan mucho los cactus.

Los dos se miraron con lágrimas en los ojos y volvieron a desternillarse de risa.

La mesa ya estaba puesta cuando llegó.

Eran las once menos diez. Su padre lo esperaba sentado en el sofá, viendo la televisión. Era la segunda noche que llegaba tarde sin avisar, así que estaba preparado para una nueva reprimenda. Sin embargo, no fue así.

–¿Hoy también te has quedado hablando con ese amigo tuyo? –le preguntó el padre con total tranquilidad.

Bruno asintió. Sabía que su padre estaba preocupado, por mucho que intentara transmitir calma. El movimiento de la pierna delataba su inquietud.

–Me alegro de que te lo pases bien –dijo mientras se levantaba del sofá–. Vamos a cenar.

–¿Y mamá?

El padre suspiró.

–Tu madre no se encuentra bien y se ha acostado.

Bruno ya conocía la excusa. Cuando sus padres discutían, su madre se acostaba enseguida. Desde pequeño estaba acostumbrado a decir que su madre no se encontraba bien cuando alguien llamaba por teléfono.

Se sentaron en la mesa. La cena ya estaba servida. Había dos platos y cada uno tenía tres filetes de cerdo rebozados y una ensalada de lechuga. Empezaron a comer en silencio. La carne se había enfriado.

–Me ha llamado tu profesor esta tarde.

Bruno arqueó las cejas.

–¿Quién? ¿Santi?

–Sí. Me ha dicho que hoy has faltado a clase.

–No me encontraba bien y me he ido a casa –mintió–. ¿Te ha llamado expresamente para decirte eso?

El padre se rascó la oreja.

–Bueno, también quería hablar conmigo.

–¿Hablar de qué?

–Me ha dicho que está preocupado por ti y que le gustaría que nos viéramos. Hemos quedado para el viernes por la tarde.

Bruno aún no podía salir de su perplejidad. Le preocupaba que Santi hurgara donde no debía. Los problemas que tenía en clase eran cosa suya y era él quien tenía que solucionarlos. No podría soportar la vergüenza de que sus padres se enteraran de que no sabía defenderse, de que se había convertido en el hazmerreír del instituto.

–Bruno, ¿por qué quiere hablar tu tutor conmigo? –le preguntó el padre con cierta preocupación–. ¿Va todo bien?

Bruno apretó el cuchillo mientras cortaba la carne.

–Va todo bien.

–Si tu tutor está preocupado, por algo será.

Bruno dejó de cortar la carne y apretó la sierra del cuchillo en la palma de la mano.

–¡Te he dicho que va todo bien! –gritó nervioso–. ¿Es que no confías en mí?

–Bruno, tranquilízate –le pidió el padre sin perder de vista el cuchillo.

La puerta del pasillo se abrió y salió la madre en camisón.

–¿Qué es todo este escándalo?

–Carmen, tranquila, no pasa nada.

La madre vio enseguida que su hijo cerraba el filo del cuchillo en la mano. Las pupilas se le empequeñecieron de súbito.

–¡Bruno, deja ese cuchillo!

Él contempló a sus padres desafiante y abrió la palma de la mano poco a poco hasta que el cuchillo cayó en la mesa.

–¿Por qué se te ocurre poner estos cuchillos?

Carmen no fue indulgente con su marido.

–Lo siento, no me he dado cuenta.

–Acordamos que solo usaríamos cuchillos de punta redonda.

Bruno se levantó de la mesa con brusquedad.

–¿Otra vez con lo mismo? ¿Pensáis que no sé dónde escondéis los cuchillos de sierra?

Sus padres se quedaron inmóviles. Bruno rebufó nervioso y se fue a la habitación. Dio un portazo, se abalanzó sobre la cama y le dio varios puñetazos a la almohada. Ya había pasado un año desde que lo intentó, pero aun así, sus padres todavía desconfiaban de él. Se pensaban que podían evitar que lo intentara de nuevo, pero no comprendían que si hubiera querido hacerlo, podría haberlo hecho sin problemas.

Recordaba aquella primera vez. Estaba solo en casa. Tenía las cuencas de los ojos resecas de tanto llorar y llevaba varios días sin salir, incapaz de caminar por la calle con la cabeza erguida. Cada día se sentía más horrorizado de lo que había hecho. Era un ser despreciable. No se merecía que nadie lo mirara a los ojos. No tenía ningún sentido vivir. Entonces vio un cuchillo afilado encima del mármol de la cocina. Lo cogió y acarició el filo con la yema del dedo. ¡Qué fácil sería todo! Apenas se daría cuenta y dejaría de ser un estorbo para todos. Y dejaría de sentir esa culpabilidad que lo atormentaba.

Hizo el intento, pero sus padres llegaron antes de lo previsto.

Su madre insistió en que lo visitara una psicóloga. Era una mujer simpática que le aseguraba que todo lo que le dijera quedaba en confidencia. Aun así, les avisó a los padres que retiraran cualquier objeto punzante de casa. Desde ese día habían desaparecido los cuchillos de punta, las tijeras, las cuchillas de afeitar... Su madre lo escondía todo en el último cajón de la cocina, debajo de los manteles. Quizás pensaba que él nunca los descubriría, pero después de pasar tantas horas solo en casa, era evidente que tarde o temprano acabaría dando con ellos.

Bruno llamó a la puerta.

–Adelante.

Entró tímidamente en el seminario de Educación Física. Santi le sonrió y dejó el periódico que estaba leyendo encima de la mesa.

–¡Hola, Bruno! Pasa y siéntate, por favor.

Él hizo caso y se sentó enfrente del tutor. Esa mañana, Santi lo había abordado en el pasillo y le había dicho que quería hablar con él y que acudiera al seminario a la hora del recreo.

–¿Qué tal?

–Bien.

–Estaba preocupado por ti. Ayer no te vi después del recreo.

–No me encontraba bien y me fui a casa –mintió, incómodo.

–Entiendo. ¿Y ya te encuentras mejor?

–Sí.

El tutor carraspeó y entrecruzó los dedos de las manos.

–Verás, Bruno, sé por lo que estás pasando. Me enteré de lo que te hicieron tus compañeros en el vestuario, y no tienes por qué consentir que te traten así. Yo quiero ayudarte. Todos sabemos quién lleva la voz cantante en todo esto y ya me he encargado de hablar seriamente con él. ¿Por qué piensas que te trata así?

Bruno se encogió de hombros.

–Tiene que ver con lo que ocurrió el verano pasado, ¿verdad?

Santi había metido el dedo en la llaga. La cara de Bruno tuvo que ser lo suficientemente expresiva como para que Santi se percatara y no continuara ahondando en el tema.

–De todas formas, no hay nada que justifique ese comportamiento, y no lo pienso consentir. Él ya está avisado. Solo te pido una cosa –Santi hizo una breve pausa al mismo tiempo que lo contemplaba con compasión–. Avísame si vuelves a tener algún problema con él. Puede que te amenace para meterte miedo, pero tienes que ser valiente, Bruno. Ya verás cómo conseguiremos que te deje en paz, pero necesito que seas sincero. No puedo ayudarte si no me cuentas qué te pasa.

A Bruno le temblaba el rostro, sacudido por el titileo de sus pupilas.

–No estás solo, Bruno –prosiguió el tutor–. Tanto yo como tus padres estamos para ayudarte. He quedado con tu padre para hablar del tema.

–No me pasa nada, Santi –aseveró Bruno poniéndose en pie–. No hacía falta que llamaras a mi padre

El profesor también se levantó.

–Puedes hablar conmigo cuando quieras –dijo en tono conciliador.

–No hay nada que hablar.

Bruno puso la mano en el pomo de la puerta, construyendo un muro de cemento entre el profesor y él.

–¿Seguro que ayer no te encontrabas bien?

–Sí, seguro.

5

Mónica hizo ver que escribía en el móvil cuando Bruno salió del seminario de Educación Física. Lo estaba esperando sentada en el borde de las escaleras. Esa mañana había escuchado cómo Santi le citaba al seminario durante la hora del recreo y tenía curiosidad por saber cómo le había ido. Al fin y al cabo, Bruno se encontraba allí porque ella había avisado a Santi de lo que estaba sucediendo.

Bruno caminaba hacia el aula. Aunque ya podían salir del instituto durante el recreo, Bruno siempre se quedaba en clase haciendo deberes o jugando con el móvil. Mónica lo siguió. Aún quedaban diez minutos para que empezaran las clases y quería hablar con él. No solo le interesaba preguntarle cómo le había ido con Santi, sino que también quería pasar un rato con él.

A solas.

Reconocía que Bruno le causaba cierta atracción. Ella estaba acostumbrada a llamar la atención de los chicos y nunca le habían faltado pretendientes, pero Bruno era el único que pasaba completamente de ella. Quizás por eso se había fijado en él. Le gustaban los chicos difíciles que ponían a prueba sus dotes de seducción. Cuando se le acercaba, notaba que se ponía nervioso y no sabía qué decir. Y le gustaba esa sensación de superioridad.

Seguía los pasos de Bruno sin que él se percatara.

No estaba enamorada de él. Ni mucho menos. Odiaba sentir que dependía de otra persona. Ya había estado enamorada una vez, y no pensaba atarse a nadie de nuevo. Sin embargo, le gustaba jugar con él. Disfrutaba cada vez que se le insinuaba y veía su cara de desconcierto. No tenía claro hasta dónde quería llegar, pero percibía que Bruno tampoco le paraba los pies. En el fondo, existía una conexión especial entre ambos que aceleraba sus pulsaciones cada vez que estaban juntos.

Bruno entró en el aula. Ella esperó unos segundos para que no sospechara que lo había estado siguiendo, y entonces entró también. Se lo encontró sentado en su silla, concentrado en la pantalla del móvil.

–Hola, Bruno.

El aludido levantó la cabeza y la contempló en silencio. Mónica caminó hasta él y se sentó en la mesa de al lado.

–No hace falta que me des las gracias, ¿eh?

–¿Gracias por qué?

–Porque fui yo quien habló con Santi.

A Bruno se le grabó el fastidio en el rostro.

–No tendrías que haberle dicho nada. Mis problemas son cosa mía.

–Bruno, me necesitas. Tú solo no puedes con El Lagartija y los demás. No sé qué te hicieron ayer, pero que sepas que los amenacé con llamar a la policía si continuabas desaparecido.

–Ayer me fui a casa después del recreo. Eso fue todo.

Mónica soltó una carcajada cargada de escepticismo.

–Por favor, Bruno, que nos conocemos. Entiendo que El Lagartija te imponga respeto, pero si lo encubres solo conseguirás que se crezca. Yo sé cómo pararle los pies. Hazme caso, estoy de tu parte.

Bruno arqueó una ceja.

–¿Por qué quieres ayudarme?

Mónica se giró hasta situarse justo enfrente de él. Se encontraron cara a cara. Sabía que había invadido esa distancia interpersonal que debía respetarse al hablar con otra persona y notaba que Bruno estaba incómodo, pero no le importaba. Recorrió su cara lentamente, empezando por los ojos y acabando por los labios.

–Me caes bien –reconoció con los ojos centrados en sus labios–, pero creo que nos tendríamos que conocer mejor.

Esbozó una pícara sonrisa mientras seguía bajando la mirada. Bruno agarró los bordes de la silla y se echó hacia atrás.

–Llevamos un año en la misma clase. Nos conocemos bien.

Mónica se fijó en el móvil que Bruno se había dejado en la mesa. Lo cogió sin permiso y revisó su lista de contactos.

–Veo que no estoy en la agenda. ¿Cómo quieres que nos conozcamos si no me tienes en tus contactos? –empezó a teclear su número y, después de grabarlo en la agenda, accedió al modo cámara del móvil–. Ahora solo falta la foto de perfil.

Mónica se levantó de la mesa y se sentó encima de él mientras cogía el móvil con una mano para enfocarse los dos. Acercó su cara a la de Bruno y se puso ligeramente de perfil juntando los labios. Notó cómo el cuerpo del chico desprendía calor, pero esa sensación le gustaba. Cuando se disparó la fotografía, insistió en hacer otra más por si habían salido poco favorecidos y, esta vez, le rodeó la cintura con la mano. Bruno no dijo nada, pero tenía la espalda empapada de sudor.

–Bueno, ya está –se resolvió Bruno levantándose de la silla–. Dame ya el móvil.

–Espera, espera –le pidió Mónica mientras se sentaba de nuevo en la mesa–. Estoy mirando qué foto me gusta más para el perfil.

Bruno permaneció de pie, de brazos cruzados, esperando que la chica acabase de trajinar.

–Por cierto, ¿tienes algo que hacer esta tarde? –le preguntó Mónica, distraída.

–De momento, no.

–Pues ya sí –le informó mirándole a los ojos y adoptando un tono de voz más profundo–. Esta tarde estoy sola en casa. Mis padres no vendrán hasta mañana, así que tenemos toda la casa para nosotros. Ya verás cómo nos conoceremos mucho mejor.

Bruno se ruborizó.

–No creo que sea buena idea.

–¿Por qué no? ¿No te fías de lo que pueda pasar?

–No me fío de ti.

Mónica estaba disfrutando con esa conversación. Había conseguido que Bruno entrara en su juego, pero aun así, todavía se resistía a sus propuestas. Tenía que presionar un poco más.

–Tú mismo, Bruno, pero si quieres que te devuelva el móvil, tendrás que venir esta tarde a recogerlo –le chantajeó con el móvil en la mano.

–¡Eh, eso no! –protestó Bruno acercándose a ella–. Dámelo.

Intentó quitárselo de la mano, pero Mónica se lo impidió mientras gritaba. Durante ese forcejeo, entraron El Lagartija y Pepelu.

–¿Qué está pasando aquí?

Mónica y Bruno se separaron al instante. El Lagartija se interpuso entre ambos y concentró un fuego en sus ojos capaz de abrasar vivo a Bruno. Este agachó la cabeza y se apartó lo más rápido posible.

–¿Qué te ha hecho? –quiso saber con una voz de hierro.

–No me ha hecho nada –declaró Mónica, ufana–. Solo nos estábamos divirtiendo.

–¿Divirtiendo? –expresó con una mueca de incomprensión–. ¿Desde cuándo te diviertes con ese?

La chica alzó el mentón con un aire provocador.

–Perdona, a ti no tengo que darte explicaciones.

Una brisa de aire caliente entró por las ventanas y caldeó todavía más el ambiente que se condensaba en clase. El Lagartija y ella se observaron como dos forajidos en el desierto a punto de retarse en duelo.

El timbre escolar sonó por todo el instituto.

Enseguida aparecieron varios compañeros de clase. Mónica caminó hacia El Lagartija esbozando una sonrisa y pasó completamente de largo por su lado. Notaba su mirada clavada en la espalda como dos colmillos de acero, pero no le importaba lo que pudiera pensar. Él no podía ejercer ningún tipo de control sobre ella.

Se sentó en su asiento y se guardó el móvil de Bruno en el bolsillo de los *shorts*. Tenía ganas de que llegara la tarde. No sabía si Bruno acudiría a la invitación, pero si lo hacía, era evidente que quería entrar en su juego. Tenía su puntillo no saber cómo reaccionaría, no poder preverlo. En realidad, no se dejaba conocer demasiado. Era un chico solitario y misterioso. No hablaba con sus compañeros y siempre intentaba pasar desapercibido, incluso cuando El Lagartija se empeñaba en convertirlo en el centro de sus ataques. La mayoría solo lo veía como el marginado de la clase, y apenas conocían el suceso que lo había marcado de por vida.

Ella sí.

El Lagartija no quiso que se hiciera público, pero ella también estaba allí cuando ocurrió la desgracia. ¿Quién imaginaba que ese día de playa acabaría tan mal? Fue un golpe muy duro para todos. Aún sentía el vuelco que le dio el corazón cuando vio lo que había sucedido. No salió de casa durante todo el verano y no volvió a sonreír hasta muchos meses después. Ahora, al cabo de un año, ninguno lo había superado aún. El Lagartija lo pagaba con Bruno y descargaba toda su rabia contra él. Sí, Bruno había sido el culpable de lo sucedido y podía comprender la actitud de El Lagartija porque, de hecho, ella también había estado varios meses sin poder mirarlo a la cara. Sin embargo, llegó un momento en el que decidió perdonarlo. Consideraba que guardar rencor en su corazón solo conseguía aumentar el dolor que ya padecía.

–Mónica, estamos en la página 128 –le avisó la profesora.

Volvió a la realidad. La profesora de mates ya había entrado en el aula y había empezado a corregir los deberes. Ella había estado tan ensimismada que ni siquiera se había percatado de la presencia de la profesora.

–¡Ya voy!

Cuando las clases acabaron, Mónica recogió sus cosas y se dirigió a la salida. Trató de localizar a Bruno, pero este se hizo el despistado y salió de los primeros de clase.

–Nika, ¿dónde te has metido a la hora del recreo? –le preguntó su amiga Tatiana–. Me he vuelto loca buscándote.

–Estaba por aquí dentro –se limitó a responder.

Tatiana frunció el ceño. Salieron de clase y caminaron por el pasillo en medio de una marea humana que se movía en dirección a la salida.

–Por cierto, hemos quedado en la plaza esta tarde –le informó la amiga entre el gentío–. ¿Te paso a buscar?

–Lo siento, Tati, hoy no salgo.

–¿Va en serio?

–No me apetece.

La puerta del instituto formaba un embudo de personas, y apenas podían entenderse con tanto alboroto a su alrededor. Al salir del edificio, una bocanada de aire caliente las abofeteó. La tierra parecía emanar calor de sus entrañas, creando una cortina de aire abrasador que desdibujaba los contornos del paisaje.

–Tía, que nos conocemos. ¿A que has quedado con alguien?

Mónica se mordió la lengua, divertida.

–Puede ser.

–¡¿Sí?! –exclamó–. ¿Con quién?

–¡Ahhhh!

–Tía, ahora no me dejes con la intriga.

Tatiana la detuvo en medio de la marabunta que salía del instituto y le exigió hablar con los ojos. Mónica tenía la intención de explicárselo cuando vio que El Lagartija se les acercaba con paso decidido y el casco bajo el brazo.

–Mónica, ¿podemos hablar? –dijo cuando llegó.

–Ahora no.

–Nika, no te preocupes, yo voy tirando –decidió la amiga guiñándole un ojo–. Ya hablaremos tú y yo.

Mónica se despidió de ella con un beso y contempló cómo se perdía en medio de la marea humana que avanzaba hacia la verja de salida. Después se cruzó de brazos y se centró en El Lagartija. Ambos resistían el avance implacable de la gente a su alrededor. Sabía qué le quería decir aun antes de que hablara.

–¿Qué tal te va con tu nuevo amiguito?

–¿A ti qué más te da?

–Es solo curiosidad. No sabía que te lo pasaras tan bien con él.

Mónica esbozó una sonrisa poderosa.

–¡No me digas que estás celoso!

–¿Celoso, yo? Para nada; pero me sorprende que últimamente lo defiendas tanto y le hagas participar en tu juego. No sabía que caerías tan bajo.

Mónica no cedió a la provocación.

–Puedo hacer lo que me dé la gana –sentenció–. Todavía te cuesta aceptar que ya no estamos juntos.

El Lagartija exhaló un soplo de aire.

Habían estado saliendo durante dos años. Cuando empezaron en tercero, nadie apostaba por su relación porque tenían caracteres muy fuertes y discutían por cualquier tontería, pero con el tiempo demostraron que iban en serio. Mónica recordaba aquella relación como la mejor época de su vida. Había sido la primera vez que se había enamorado de verdad y había experimentado cómo despertaban muchas emociones que yacían dormidas en su corazón. El Lagartija podía parecer un chico duro y superficial, pero solo se trataba de una imagen que quería proyectar hacia los demás. Ella lo había conocido a fondo y podía asegurar que era un chico sensible y detallista. Nunca antes nadie la había hecho sentir tan especial como él. Y sabía que El Lagartija sentía lo mismo: una vez le había reconocido que había descubierto con ella el significado del amor. En clase se acabaron convirtiendo en la pareja estrella: los dos jóvenes más guapos, populares y carismáticos del instituto estaban juntos y despertaban la envidia y admiración de compañeros y profesores. ¿Quién iba a pensar que todo acabaría?

Aquel día de playa marcó un antes y un después en sus vidas. Fue un siete de julio. La ruptura acabó siendo inevitable. Los dos entendieron que no podían continuar con la relación; aquel suceso les había dejado una profunda herida emocional y había arrasado con todas sus ilusiones. Nunca más serían los mismos. Ella estuvo mucho tiempo sin salir de casa y no supo qué fue de él hasta el inicio del bachillerato. Se reencontraban de nuevo, pero las cosas eran diferentes. Además de cambiar de instituto y de compañeros, ambos habían cambiado de actitud. Sin saber el motivo, trataban de evitarse en clase y se comportaban como dos auténticos desconocidos. El Lagartija formó su propia pandilla y centró su empeño en humillar a Bruno, mientras que ella fue conociendo a varios chicos, pero sin intenciones de iniciar ninguna relación seria. Estaba convencida de que nunca más amaría con tanta intensidad como había amado a El Lagartija.

Ahora, después de muchos meses, estaban teniendo un acercamiento de nuevo para hablar sobre Bruno. A pesar del tiempo, sentía que podía tener la libertad para expresarle lo que pensaba sin tapujos. No le tenía miedo. El Lagartija era capaz de ensalzar o de hundir a alguien en la miseria, de ahí que sus compañeros le tuvieran cierto temor y no quisieran llevarle la contraria, pero ella no se dejaba llevar por las apariencias. Quizás había sido la persona que más lo había conocido, y no le acobardaba esa imagen de niño malo que transmitía a los demás. Es más, incluso le gustaba plantarle cara delante de sus amigos y provocarle reacciones de desconcierto.

–No puedes evitar complicarme la vida –concluyó El Lagartija.

–Alguien te tiene que bajar los humos.

–Solo te lo dejo hacer a ti.

La expresión de Mónica se cubrió de perversión.

–¿Y qué más me dejas hacer?

El Lagartija recorrió su cuerpo de arriba abajo.

–Eso lo tienes que descubrir tú.

Mónica dio un paso adelante y lo paralizó con la mirada. Sus rostros se encontraron más de cerca. Se miraban en silencio. Prácticamente se rozaban la nariz mientras ella iba acercando sus labios lentamente a los labios de él. Sentía cómo un enjambre de mariposas le aleteaba por el estómago. Le acarició suavemente el brazo hasta llegar a la mano con que sujetaba el casco. Él respiraba profundamente mientras le rodeaba la espalda con el otro brazo. De súbito, Mónica le quitó el casco.

–Hoy tengo prisa. Quiero que me lleves a casa en moto.

El Lagartija se quedó de piedra. La observó confuso antes de reaccionar y dar un paso atrás. Se habían quedado prácticamente solos en medio del patio. La mayor parte del alumnado se había marchado y solo quedaban los más rezagados.

–Pides mucho. ¿Y qué pasa si no quiero llevarte?

–Que tendrás que ir caminando.

Un brillo resplandeció en el interior de las pupilas de El Lagartija. Mónica estaba convencida de que estaba sintiendo el mismo chisporroteo que ella. Otra vez florecían esos sentimientos que creía extintos.

–Te llevaré porque me lo pides amablemente, que si no... –resolvió sacando la lengua.

Salieron del recinto del instituto y se dirigieron al aparcamiento. El Lagartija se subió a la moto y le ofreció el brazo. Ella se puso detrás y cerró el encaje del casco.

–¿Como en los viejos tiempos? –le dijo El Lagartija acelerando las revoluciones de la moto.

–Como en los viejos tiempos.

6

Bruno presionó el botón de la ducha y permitió que el agua caliente le cayera encima. Una vez más, se encontraba solo en los vestuarios. Estaba contento de haber mejorado su tiempo de natación en más de un segundo, pero todavía se sentía más contento de poder hablar con Lidia. Había estado pensando en ella toda la tarde. Ni siquiera se le había pasado por la cabeza acudir a casa de Mónica. Ella tenía su móvil, cierto, pero eso no era suficiente reclamo para él. La chica no le gustaba y no pretendía seguirle el rollo. Sabía que podía ser peligrosa, por eso prefería no exponerse a situaciones de riesgo. Era consciente de que, a veces, no sabía reaccionar ante sus picardías o no le paraba los pies para no parecer descortés, pero así solo conseguía darle alas. Tendría que ser más firme la próxima vez.

Cuando acabó de ducharse, se vistió y se echó colonia en el cuello. Esa noche le apetecía oler bien para Lidia. Después de peinarse delante del espejo, cogió la bolsa de deporte y salió de los vestuarios.

–Buenas noches, Lidia.

–Buenas noches.

Bruno apoyó los brazos en el mostrador de mármol.

–¿Cómo ha ido el día?

–Hoy me ha pasado de todo.

Lidia le explicó algunas anécdotas divertidas que le habían ocurrido esa tarde y los dos rieron sin parar. Mientras tanto, el socorrista salió por la puerta de la piscina, firmó la hoja de control y se despidió de ellos. Entonces, Lidia apagó las luces y salió del mostrador.

Cerraron la puerta del gimnasio aún con dolor de estómago. A Bruno le encantaba el humor de Lidia. Se sentía muy cómodo con ella. Esa chica había sido capaz de hacerle reír por primera vez después de un año, y también había conseguido que mostrara su lado más cómico.

El aparcamiento estaba solitario. El coche del socorrista se perdía en la lejanía y, un día más, el Seat Ibiza de Lidia era el único vehículo que quedaba en el aparcamiento. Se detuvieron enfrente del coche.

–Por cierto, te he traído un regalo –comentó Bruno.

Dejó la bolsa de deporte en el suelo y rebuscó entre sus cosas bajo la atenta mirada de Lidia. Cuando encontró lo que buscaba, le entregó el obsequio envuelto en papel de regalo. Era un objeto pequeño, de un palmo de altura y de forma irregular.

–No hacía falta que me regalaras nada –dijo mientras lo desenvolvía.

–Tú espérate.

En cuanto abrió el regalo, se le iluminó la cara.

–¡Un cactus! –exclamó sorprendida–. Mira que me han regalado cosas, pero esto, nunca.

–He querido ser original. Como sé que te gustan...

Se trataba de un pequeño cactus formado por varios tallos que salían de un tronco común.

–¿Tú, qué? ¿Eres de los que, en vez de flores, vas regalando cactus a las chicas?

–A todas –ironizó–. Siempre llevo un cactus en el bolsillo por si acaso.

–Claro que sí. Eso es un galán.

–Es una buena táctica. Así no me busco problemas con los novios.

En ese momento, Lidia dejó de sonreír y le palideció el semblante.

–Bueno, espero que a mi novio no le importe –reveló bajando la voz–. No sé si le hará mucha gracia.

Bruno sintió que le echaban un jarrón de agua fría encima. De repente se veía totalmente ridículo y habría deseado que la tierra se lo tragase. Lidia lo observó con el rostro serio, pero enseguida se le escapó una carcajada.

–¡Es broma, tonto! –expresó estallando de risa–. Tendrías que haber visto el careto que has puesto.

–¡Te has quedado conmigo! –aseguró Bruno, resoplando aliviado–. ¡Ya me veía con el cactus en la cara!

Lidia se tomó su tiempo para serenarse.

–Ahora en serio. No tengo novio.

Era la mejor noticia que podía escuchar. Estuvo a punto de decir «me alegro», pero pensó que quizás le podría molestar el comentario. Aun así, no pudo evitar que se le iluminara el rostro. Aunque todavía tenía que ordenar sus ideas y sentimientos, el camino se le allanaba para volver a ilusionarse.

–Ahora le tengo que poner un nombre al cactus.

–¿Qué dices?

–Claro, también es un ser vivo –argumentó Lidia mientras ladeaba los labios–. ¡Ya lo tengo!

Dejó unos segundos para crear mayor expectación. Bruno la invitó a continuar con un gesto de manos.

–¿Y bien?

–Se llamará Bruno.

Segundo jarro de agua fría de la noche. Lidia lo contempló con una sonrisa traviesa mientras envolvía de nuevo el cactus en el papel de regalo. A pesar de la ocurrencia, le encantaba verla sonreír. Cualquier disparate que dijera quedaba eclipsado por aquella sonrisa encantadora, de ahí que no le importara compartir su nombre con un cactus.

–¿Qué pasa? ¿No había más nombres para elegir?

–No se me ocurría ninguno mejor. Cada vez que veo un cactus, me acuerdo de ti.

–¡Vaya! Me lo tomaré como un piropo.

–Si así eres feliz...

La chica le guiñó un ojo mientras buscaba las llaves en el bolso. Cuando las encontró, abrió el coche con el mando a distancia. Las luces anaranjadas del Seat Ibiza le dieron la bienvenida.

–¿Te llevo a casa? –le ofreció.

Bruno no reaccionó enseguida.

–No voy a mi casa.

–¿Ah, no?

–Hoy me quedo en casa de mi novia –reveló con la mirada ensombrecida.

Lidia permaneció rígida mientras la luz de la farola se reflejaba en sus ojos vidriosos. No supo qué decir y optó por despedirse brevemente. Abrió la puerta del coche y entró con la mirada baja. Bruno observó todos los movimientos mordiéndose la lengua, pero cuando Lidia ya cerraba la puerta, no pudo contenerse más.

–¡Es broma! –le espetó entre risas.

Lidia puso los ojos en blanco mientras descargaba un sonoro bufido, aunque después no pudo ocultar media sonrisa.

–¡Ahora estamos en paz!

Abrió la puerta de casa con sigilo. Ni siquiera había querido mirar el reloj, pero debía de ser más tarde de lo normal. En casa reinaba un silencio sepulcral. Al encender la luz del comedor, se encontró a su padre adormilado en el sofá. Sin embargo, la claridad lo despertó.

–Hola, Bruno.

–Hola.

–¿Hoy también has estado hablando con ese amigo tuyo?

–Sí.

–A ver cuándo nos lo presentas. Me gustaría conocerlo.

¿De verdad se creía su padre que había estado hablando con un amigo? No imaginaba que esa excusa pudiera dar tanto de sí, pero de momento prefería no decir la verdad. Sentía malestar de conciencia cada vez que mentía a su padre, pero era la única manera de mantener cierta intimidad.

–Ya vendrá algún día –dio largas.

Su padre asintió lentamente y suspiró.

–¡Venga, lávate las manos y a cenar!

Bruno agradeció que no hiciera referencias a lo que había ocurrido ayer.

Llevaba dos días viviendo un clima familiar muy tenso, y lo que menos deseaba en esos momentos era acostarse llorando contra la almohada de nuevo. Ni su padre ni él querían disgustos. Su madre era mucho más combativa y habría aprovechado el momento para reprobar el comportamiento de ayer, pero su padre prefería pasar página y actuar como si nada hubiera ocurrido.

Se lavó las manos y se sentó en la mesa del comedor. Su madre había horneado una pizza precocinada y se la había dejado en un plato junto a un vaso de agua y una servilleta. La pizza estaba cortada en porciones, de modo que no había ningún cubierto sobre la mesa.

–¿Sabes? Cuando yo tenía tu edad, también llegaba tarde a casa y les decía a tus abuelos que me había entretenido con un amigo –explicó el padre mientras se sentaba a la mesa con él–. Nos veíamos todas las tardes, cuando acababa de trabajar, y nos quedábamos hasta las tantas. Algunos días nos juntábamos con un grupete del barrio y otros días nos montábamos en la moto y nos íbamos los dos solos por ahí. Lo pasábamos bien. –Perdió la mirada en un punto indeterminado de la pared mientras sus ojos se humedecían de nostalgia–. Tus abuelos se enfadaban conmigo por llegar tarde a la cena, incluso el abuelo sacó el cinturón más de una vez, pero yo no cambiaba. Cuando tienes diecisiete años te da igual todo.

Bruno lo escuchaba en silencio mientras comía. Su padre nunca le había hablado de su pasado, de la época en que fue joven como él, y le extrañaba que lo hiciera en ese momento. Quizás solo quisiera hablar. Seguramente había estado discutiendo con su madre por lo sucedido ayer y ahora necesitaba evadirse del presente recordando tiempos mejores.

–Entonces, ¿te llevabas mal con los abuelos?

–¡Uf! Teníamos discusiones gordas –reconoció el padre poniéndose en pie–, hasta que tus abuelos entendieron que ya no me podían tratar como a un niño. Necesitaba tener mi espacio.

Bruno se sintió muy reflejado en esa historia. Veía a su padre mucho más real, mucho más parecido a él, pero aun así, todavía le quedaba algún cabo suelto sin atar.

–¿Y por qué nunca me has hablado de ese amigo tuyo? ¿Quién es?

El padre esbozó una leve sonrisa que enseguida se marchitó. Puso la mano en el mango de la puerta del pasillo y abrió poco a poco.

–Era tu madre.

Un escalofrío le sacudió todas las terminaciones nerviosas. ¡Su madre! No podía dar crédito. Su padre había utilizado la misma táctica que él para engañar a sus padres. ¡Menuda pillada! Contempló al hombre que tenía enfrente con una mezcla de vergüenza y admiración, pero los ojos de este transmitían una mirada de complicidad más que de condena.

–Buenas noches, Bruno.

Cerró la puerta tras de sí.

Bruno se quedó solo en el comedor.

Sentía un cosquilleo en el estómago. Ya no tenía remordimientos por mentir y había tomado conciencia de que su padre, antes de ser padre, también había sido un adolescente como él y había pasado por situaciones muy parecidas a las que estaba viviendo él.

Entró en la habitación y se sentó delante del ordenador.

Sufría un gran malestar. Aunque estaba contento por haber conocido a Lidia y le gustaba pasar tiempo con ella, le asustaba pensar que podría estar enamorándose. No merecía ser feliz después del daño que había causado a tanta gente. Tenía una presión interna tan fuerte que sentía como si una mano le sujetara el cerebro y se lo constriñera despiadadamente.

Encendió el ordenador.

Cuando sentía tanta angustia, recurría a la escritura como válvula de escape. Tenía un blog personal en internet. Hacía meses que no escribía nada, pero ahora necesitaba hacerlo.

Abrió el explorador y clicó la pestaña que le dirigía al blog.

Se titulaba *Confesiones de madrugada*, pues solía inspirarse de noche, cuando todo estaba en silencio y disponía de tranquilidad para ordenar sus pensamientos y emociones.

En cuanto se dio rienda suelta, perdió la noción del tiempo. Solo escribiendo conseguía expulsar todos los fantasmas de su mente y dejarlos encadenados en las palabras. Después de una reflexión sobre amor y represión, concluyó con los siguientes términos: *¿Qué derecho nos legitima para amar? El mismo que para sufrir, porque mientras amamos y sufrimos, seguimos preservando nuestra humanidad.*

Se levantó para beber un vaso de agua en la cocina.

Al salir, reparó en el acuario de Flecha que presidía el comedor. Llevaba dos días sin darle de comer. Encendió la luz del acuario y apoyó la nariz contra el cristal. El pececito se movía tranquilamente entre las algas de plástico que decoraban el fondo.

Abrió el bote de comida y espolvoreó varias virutas sobre la superficie del agua. En cuanto empezaron a caer, Flecha activó un sexto sentido y ascendió a la velocidad del rayo. Bruno observó cómo engullía el alimento, loco de felicidad. Reconocía que se había olvidado completamente de él durante aquellos dos días. Y también de todo lo que aquel pececito representaba.

Cerró los ojos.

Los dos se sumergían en el agua y se miraban a través de esas enormes gafas en medio de miles de burbujitas. Parecían dos astronautas flotando en un universo azul cielo. Peces de distintos tamaños y colores nadaban a su alrededor mientras sus escamas relucían al sol. Él intentaba atrapar alguno con un palo de red, pero todos se le escabullían. Entonces, sin esperarlo, un pececito dorado pasaba por su lado, disparado como una flecha, y se metía directamente en la red.

Abrió los ojos.

Lo recordaba como si fuera ayer. En su mente aún orbitaban las palabras que pronunciaron aquel día.

«Bruno, nos lo tenemos que quedar».

«¿Por qué?».

«Porque él nos ha elegido».

Palabras que ahora se convertían en susurros.

«Él nos ha elegido para que lo cuidemos».

Bruno metió la mano lentamente en el agua del acuario y esperó a que Flecha se le acercara. Después de unos segundos de recelo, el pececito se le aproximó y arrimó el lomo a su mano como si estuviera dándole caricias.

«Ya forma parte de nosotros».

7

El Lagartija no apartó la mirada de Bruno. Estaban en clase de Física, pero no podía dejar de observarlo con odio. Su simple presencia lo irritaba, pero ese día tenía ganas de exterminarlo. Había leído la entrada del blog. Ya no recordaba que se había suscrito hasta que esa mañana le había llegado una notificación al correo.

Le había picado la curiosidad.

La entrada hablaba de amor y sufrimiento. En la reflexión se preguntaba si merecía la pena ilusionarse cuando el amor conllevaba sufrimiento. Parecía que Bruno se había enamorado, y no le costaba imaginarse de quién.

Tenía que ser de Mónica. ¿De quién si no? Ella era la única que le prestaba atención en clase.

Aunque Mónica y él ya no estuvieran juntos, le daba cien patadas que Bruno se fijara en ella. ¿Cómo se atrevía? Una escoria como él no tenía derecho a enamorarse, y mucho menos de Mónica, con quien había roto precisamente por su culpa. Si todavía le quedaba algo de hombría, tendría que agachar la cabeza y no levantarla nunca más en la vida. Muchos en su lugar le habrían partido la cara, y él se preguntaba por qué no lo había hecho ya. No podía permitir que un desgraciado como Bruno le desafiara delante de sus narices.

El profesor de Física dio por concluida la clase. Todos cogieron los bocadillos de las mochilas y fueron saliendo del aula. El Lagartija se reunió con Pepelu, Guille y Queipo en las escaleras. Como los demás compañeros pasaban cerca, con solo una mirada y una leve inclinación del rostro consiguió que Pepelu, Guille y Queipo se dispersaran por el instituto. Se habían entendido. No querían llamar la atención del profesor de guardia, que enseguida iniciaría su ronda por los pasillos, así que debían actuar con discreción.

El Lagartija fue quien permaneció más cerca del aula, detrás de una columna, esperando que Bruno se quedara solo en clase.

Cuando los pasillos estaban desiertos y El Lagartija estaba a punto de iniciar su ataque, Bruno salió del aula inesperadamente. Se encaminó hacia los lavabos del fondo del pasillo. El Lagartija lo siguió a cierta distancia mientras avisaba a sus amigos con un mensaje.

Bruno se encontraba en el urinario cuando entró.

–¡Hombre, Bruno! –lo saludó situándose en el urinario de al lado.

Bruno ni siquiera lo miró, pero se notaba que estaba incómodo. Los dos permanecieron unos segundos contemplando la pared de azulejos en silencio.

–Últimamente se te ve muy contento –percibió El Lagartija–. ¿Hay algo que yo no sepa?

Bruno no contestó, sino que se subió la cremallera del pantalón y presionó el botón que enjuagaba el urinario.

–Veo que no tienes ganas de hablar –apuntó El Lagartija con una aterradora tranquilidad–. Seguro que te apetece más hablar con Mónica.

Bruno se lavaba las manos. El Lagartija acabó de orinar y se colocó de nuevo a su lado. Le clavó una mirada afilada a través del espejo.

–Mónica está buena, ¿eh?

Bruno se escurrió las manos y pasó por su lado con la intención de salir. Sin embargo, El Lagartija lo agarró del brazo.

–¿Tienes prisa?

Bruno evitó mirarlo.

–¡Suéltame!

–Tú y yo tenemos que hablar.

–No tengo nada que hablar contigo.

–Pues yo sí que tengo que decirte un par de cosas, imbécil –profirió dándole un empujón.

Bruno dio varios pasos hacia atrás y estuvo a punto de perder el equilibrio. Corrió para salir del lavabo, pero se topó con Pepelu, Guille y Queipo en el umbral de la puerta. Se quedó acorralado.

–¿Adónde crees que vas? –le preguntó Pepelu dándole un empujón.

–Todavía queda mucho recreo –le dijo El Lagartija–. Y queremos pasar un rato contigo, ¿verdad, chicos?

Sus tres compañeros asintieron con una sonrisa perversa. Parecían tres perros de caza adiestrados esperando la orden de atacar.

–Yo no os he hecho nada –se justificó Bruno.

–Eres un maldito traidor –lo acusó El Lagartija mientras le daba un puñetazo en el estómago.

Bruno se dobló hacia adelante del dolor.

Pepelu y Guille lo enderezaron mientras Queipo vigilaba la puerta.

El Lagartija se quedó de nuevo delante de él. Bruno era incapaz de levantar la cabeza.

–Estás enamorado, ¿eh? –dijo El Lagartija mientras lo cogía del cuello, fuera de sí–. ¡Pues mira lo que duele el amor!

Le dio un segundo puñetazo en la boca del estómago.

Bruno cayó al suelo y se retorció de dolor. Fue en ese momento cuando Guille, Pepelu y Queipo aprovecharon para darle patadas, insultarlo y burlarse de él. Bruno solo se cubría la cara con los brazos mientras los chicos descargaban toda su furia en él.

El Lagartija contemplaba la escena sin ningún tipo de compasión. Quería que Bruno sufriera en carne propia sus acciones. Había muchas cosas que no soportaba, pero la que menos toleraba era la traición. Y Bruno era un traidor.

–¡Chicos, ya basta! –dio la orden–. ¡Vámonos antes de que venga alguien!

Guille, Pepelu y Queipo se alejaron de Bruno y salieron del lavabo.

–¡Ahora voy! –les dijo mientras ellos salían.

El Lagartija y Bruno volvieron a quedarse solos.

Bruno temblaba en el suelo, con la ropa sucia y la boca ensangrentada. El Lagartija se puso en cuclillas y se encontró con sus ojos magullados.

–¿Qué tengo que hacer para que me dejes en paz? –pronunció Bruno con la voz entrecortada.

–Tienes que quitarte de en medio –aseveró sin un ápice de compasión–. Nos harías un favor a todos.

Eran las seis de la tarde.

Había quedado con Pepelu, Queipo, Guille y unos cuantos más para jugar un partido de fútbol en un descampado de tierra. Tenía que cruzar todo el pueblo, así que prefería coger la moto. Le encantaba desafiar la fuerza del viento y sentir la velocidad en la piel.

Pasó cerca del portal de Mónica y vio que ella salía de casa.

–¡Ey, Mónica! –la saludó deteniendo la moto–. ¿Adónde vas?

–Voy al quiosco. Mi padre quiere que le compre el periódico para ver las ofertas de trabajo.

–¡Ah, pues qué casualidad! Yo también voy para el quiosco.

Mónica frunció el ceño mientras ponía los brazos en jarras.

–¿Con botas de fútbol?

El Lagartija sonrió mientras se quitaba el casco y se lo ofrecía.

–¿Quieres que te lleve?

–Pero si está aquí al lado.

–¡Qué más da! ¿Te subes?

Mónica suspiró y cogió el casco.

Se montó detrás de él y lo cogió por la cintura. Sentir esa sensación le provocó un cosquilleo en el estómago. Hacía tiempo que no notaba ese hormigueo, y reconocía que lo echaba de menos.

–¡Agárrate bien, que vienen baches!

Le encantaba notar el cuerpo de Mónica arrimado a su espalda. Se detuvo delante del quiosco.

Mónica se bajó, compró el periódico y volvió a montarse en la moto.

El Lagartija arrancó y tomó una ruta distinta a la primera.

–¿Adónde me llevas?

–¡Ah, sorpresa!

–Llévame a casa.

–Tranquila, confía en mí.

Llegaron a los Castas. Era un parque situado a las afueras del pueblo y que estaba poblado por castaños, de ahí su nombre. Tenía zonas de césped donde la gente podía tumbarse al sol y varios caminos para quienes quisieran pasear. Aun así, solía ser un parque bastante solitario.

–¿Por qué me traes aquí?

–Por los viejos tiempos.

Un año atrás, solían acudir a los Castas cuando querían estar solos. Se tumbaban en el césped mientras se abrazaban y desataban su pasión. A menudo, los castaños eran los únicos testigos de su amor.

–Las cosas ya no son como antes –constató Mónica con una voz seca.

–Pero no pasará nada porque nos quedemos un rato, ¿no?

Libró una batalla visual con ella y finalmente salió vencedor.

Empezaron a caminar. El entorno era idílico. Los gorriones y los jilgueros interpretaban sus mejores repertorios en lo alto de los árboles. El aire les llevaba un olor de hierba recién cortada. El tiempo parecía detenerse en aquel parque. Decidieron sentarse en un pequeño montículo de césped para sentir las caricias del sol. El Lagartija se tumbó en la hierba mientras Mónica hojeaba el periódico que había comprado.

–Mira, ¿has visto esta noticia? –le señaló Mónica con interés.

–¿Qué noticia?

–«Desalojan un instituto por amenaza de bomba» –leyó–. Se ve que un chaval quería gastar una broma y llamó a su instituto haciéndose pasar por terrorista. ¡Qué personaje! ¿Te imaginas que alguien hiciera algo así en nuestro instituto?

–¿No me estarás provocando? –le advirtió El Lagartija con media sonrisa–. Que yo estoy muy loco.

–No te atreverías.

–¿Que no?

–Eres un cagado –lo provocó guiñándole el ojo.

Le encantaba ese pique que se traían los dos. Mónica era la única chica que no tenía reparos en decirle lo primero que se le pasaba por la cabeza, y ese carácter espontáneo le atraía en gran manera.

Mientras estaban en el césped, los aspersores del parque emergieron de la nada y empezaron a disparar agua hacia ellos. Ante el repentino riego, Mónica se protegió con el periódico y se levantó para correr, pero El Lagartija la agarró del tobillo y la hizo caer. Ella intentó zafarse de él mientras gritaba. Los dos se revolcaron por el césped entre gritos y risas, mojados por la constante llovizna de los aspersores. Los rayos del sol traspasaban la fina capa de lluvia y creaban un arco iris que los envolvía en un aura de luz y color.

Después de unos minutos de desenfreno, los dos se tumbaron en el césped mojado jadeando y riéndose. Mónica cerró los ojos y dibujó una sonrisa de complacencia, acariciada por los rayos del sol. El Lagartija se quedó contemplándola. En ese momento la hubiera besado. Todavía no se explicaba cómo había podido ser tan estúpido como para ignorarla durante un año. Sí, aquel siete de julio sus vidas habían dado un vuelco y ambos habían necesitado tiempo para sobreponerse, pero era evidente que entre los dos seguía existiendo una química que no podían negar. ¿Por qué no darse una segunda oportunidad? ¿Qué se lo impedía?

–Mónica, ¿a ti te mola Bruno? –preguntó El Lagartija de repente.

Mónica abrió los ojos mientras la sonrisa se le marchitaba.

–¿A qué viene esa pregunta?

–Tú solo responde: sí o no.

–¿Qué más te da?

–Eso es un sí.

Ella se incorporó.

–¿Y qué pasa si me gustara?

–Sabes que eso no te lo perdonaría nunca.

–¿Y qué? A ti no tengo que darte explicaciones –se reafirmó–. Te recuerdo que ya no somos nada.

Esas palabras le resultaron más dolorosas de lo que esperaba.

–¿Y qué tendría que pasar para que te olvidaras de ese desgraciado?

Mónica soltó una risotada.

–¿Me estás hablando en serio?

El Lagartija no cambió un ápice de su expresión.

–Yo solo me olvido de un tío cuando veo que va detrás de otra –determinó Mónica poniéndose en pie–. Y, por ahora, veo que Bruno me sigue bastante el rollo.

El Lagartija aparcó la moto.

Estaba nervioso. No entendía qué veía Mónica en Bruno. Entre ellos todo podría volver a funcionar, pero ella se había empeñado en ponerse del lado de Bruno. Quizás lo hacía como venganza por todo el tiempo que había estado sin dirigirle la palabra, pero no tenía sentido. Ella tampoco había dado ninguna muestra de acercamiento.

Mónica era una chica complicada.

Había llegado a la conclusión de que le gustaba llamar la atención. Quizás le atraía el chico más callado y misterioso de la clase, pero seguía convencido de que se trataba de un capricho pasajero. Aun así, le molestaba que coqueteara con Bruno y que este se dejara hacer.

No podía evitarlo.

Estaba tan inquieto que no podía meterse en casa.

Miró el móvil. Tenía varias llamadas de Pepelu y los demás. Seguramente querrían saber por qué no había ido al partido, pero no tenía ganas de darles explicaciones. Prefería estar solo. Algunas veces, cuando estaba sometido a mucha tensión, salía a correr.

Pensó que sería una buena idea y se puso en marcha.

Recorrió varias calles del pueblo. Mantenía un ritmo constante, procuraba respirar por la nariz y trataba de no pensar en nada. Esas eran las claves para relajarse.

Ya anochecía.

No sabía cuánto tiempo llevaba corriendo, pero necesitaba continuar. No le importaba correr bajo la luz de las farolas, pero tenía pánico a quedarse a solas con sus pensamientos. Prefería estar ocupado.

El sudor le chorreaba por el cuerpo. Sentía pinchazos en las rodillas. Notaba que le costaba respirar. Estaba extenuado.

Corría cerca del aparcamiento del gimnasio.

Distinguió a dos personas bajo la luz de una farola. Creía reconocer a una de ellas. Siguió corriendo, ahora más lentamente.

Eran un chico y una chica.

Hablaban y se reían al lado de un coche.

Cuando se acercó un poco más, cayó en la cuenta de quién se trataba. ¡Era Bruno!

¿Qué hacía allí con esa chica? ¿Quién era?

Llegó a casa hecho una furia.

¿Qué hacía Bruno hablando con esa chica? ¿Desde cuándo se conocían? Todo parecía cobrar sentido. La reflexión que había hecho en su blog parecía referirse a esa misteriosa chica del gimnasio. Pudiera ser que se estuviera enamorando de ella.

Bruno no tenía derecho a enamorarse.

No después de lo que pasó.

Se dirigió a la habitación. Allí, en su estantería, tenía una foto enmarcada. La cogió y la contempló con los ojos inyectados en sangre.

Bruno era un traidor.

Los dedos le temblaban al sujetar la foto. Había contemplado aquellos rostros sonrientes tantas veces que podía siluetear sus figuras con los ojos cerrados.

Nadie sabía que tenía esa foto. De hecho, cuando algún compañero entraba en su habitación, siempre se había encargado de esconderla.

Una lágrima se estampó contra el cristal.

Sus manos se llenaban de furia.

¡Bruno, traidor!

Estampó el marco de la fotografía contra la pared.

El cristal se rompió en mil pedazos. Sin embargo, la foto quedó intacta.

En ella se veía a Bruno, El Lagartija, Mónica y otra chica cogidos de las cinturas y sonriendo con una espectacular playa de fondo.

8

–¡Hola, chicos! –saludó Santi al entrar.

La clase estaba en plena ebullición. Ya era viernes y tenían tutoría, la última clase de la semana. A esa hora solían estar muy dispersos, ya que hacía calor, arrastraban el cansancio de varios días y tenían la mente puesta en el fin de semana.

Bruno había estado escuchando conversaciones sobre lo que harían sus compañeros esa noche. Muchos de ellos ya habían quedado para salir de fiesta. Él, en cambio, no tenía ningún plan. Solía quedarse en casa, viendo películas o jugando a la consola. El fin de semana significaba una tregua para él, dos días en los que evitaría exponerse al ataque de El Lagartija. Aún le dolían los moratones de la paliza que le propinaron ayer. A medida que se acercaba el final del curso, El Lagartija cada vez se mostraba más agresivo y cruel. No podía hacer nada para pararlo, solo le quedaba esperar que llegara el verano y así perderlo de vista durante tres meses.

–¡Venga, un poco de atención! –requirió Santi dando varias palmadas–. Sé que hace calor y que todos queremos irnos a casa, pero vamos a hacer un último esfuerzo durante esta hora, ¿vale?

El jaleo fue disminuyendo.

–Muy bien. Hay un par de cosas que os quiero comentar. En primer lugar, todavía me tengo que entrevistar con algunos padres –recordó abriendo la agenda–. Si no me equivoco, esta tarde he quedado con el padre de Bruno. ¿Sabes si está al tanto?

–Creo que sí –respondió él.

Recordaba que su padre había solicitado salir antes del trabajo para la entrevista. Solo lo hacía en momentos muy puntuales, lo que demostraba el grado de preocupación que tenía desde que el tutor lo había llamado. Bruno reconocía que estaba nervioso por lo que Santi pudiera explicarle. No quería que su padre lo viera como un fracasado y se entristeciera al comprobar que le había tocado el hijo marginado de la clase. Le entraban ganas de llamar a su padre y decirle que Santi no podía hacer la entrevista, pero así solo conseguiría empeorar las cosas.

–Perfecto. Pues ya solo me quedan tres padres que no me han venido a ver.

Santi se encargó de proponer día y hora a los alumnos cuyos padres tenían que entrevistarse con él. Una vez concertadas las entrevistas, el tutor cambió de tercio.

–Ahora hay otro tema que os quiero explicar. Como sabéis, nos queda una semana de clase normal y después os vienen los exámenes del tercer trimestre. Otros años organizábamos un viaje de fin de curso la última semana, pero este año no tenemos presupuesto para hacer ningún viaje.

Los alumnos resoplaron y se quejaron de la situación.

–¡Eh, eh! No he acabado –aclaró Santi con un tono firme–. Sé que vosotros no tenéis la culpa. Yo siento mucho que os hayáis quedado sin viaje y he estado hablando con el tutor de la otra clase para pensar en otras alternativas. Después de darle muchas vueltas, hemos tenido una idea que os va a gustar. Hemos pensado que el viernes de la semana que viene podemos hacer una fiesta de final de curso. Y como no hay dinero para irse de viaje, ¿qué os parece si despedimos el curso en la playa?

Toda la clase apoyó la idea con vítores y silbidos.

–Me tomo esto como un sí –expresó Santi, complacido–. Entonces estamos de acuerdo. Contrataremos un autocar y saldremos el viernes a las ocho de la mañana desde aquí. Os aviso que seremos puntuales, así que quien llegue tarde se quedará en tierra.

–Santi, ¿a qué playa iremos? –preguntó alguien.

–A una cala de Lloret de Mar.

Un estado de alarma se activó en Bruno.

–¿Cómo se llama la cala? –preguntó intranquilo.

Santi pareció sorprendido ante su desasosiego.

–Se llama Cala Canyelles.

Un impacto gélido le heló el corazón y cristalizó la sangre que le corría por las venas. No podía ser. ¡Cala Canyelles no! Una imagen desgarradora irrumpió en su mente. El agua del mar se teñía de rojo. Ella lo contemplaba con los ojos vacíos, sin esperanza, inmovilizada entre dos rocas. Las olas rompían contra los peñascos. Ella alargaba su brazo tembloroso y salpicado de sangre hacia él. Él intentaba alcanzar su mano...

¡No podía volver allí!

–Chicos, os pido un favor –prosiguió Santi–. He encargado en conserjería que me hagan unas fotocopias para informar a vuestros padres de la excursión. Ahora voy a recogerlas. Espero que pueda dejaros solos un momento.

Los alumnos le dieron su palabra. Santi era un profesor muy respetado y toda la clase solía acatar sus normas sin rechistar. Cuando salió del aula, Bruno se sintió vulnerable. Al no haber vigilancia, se exponía a las vejaciones de El Lagartija y los suyos.

–¿Cómo se te ha quedado el cuerpo? –le preguntó Mónica apoyando las manos en la mesa. No había tardado en acudir a él–. Otra vez volvemos allí. La gente se lo va a pasar en grande, pero yo no creo que pueda soportarlo.

Bruno no supo cómo reaccionar. Mónica parecía sincera en sus palabras. De hecho, él tampoco sabía qué impacto tendría volver a la playa un año después; sería como echar un puñado de sal en una herida que aún estaba abierta.

–Prefiero no hablar del tema –determinó Bruno.

Mónica asintió y se sentó en su pierna.

–Entiendo que todavía te duela. Si algún día quieres hablar, aquí estoy para lo que necesites.

Bruno sintió cómo la mano de Mónica le acariciaba la espalda. Se puso rígido. No le gustaba que aprovechara cualquier oportunidad para sobarlo. Podía notar la mirada incisiva de El Lagartija en la nuca y no quería transmitir la imagen de que le estaba dando coba. Intentó cambiar de posición, pero Mónica no desistió en sus caricias.

–Si el otro día hubieras venido a casa, habríamos podido hablar. No sé qué te pasó, pero no quiero que tengas una idea equivocada de mí. Solo quería hablar contigo –le aseguró arrimándose más–. Sabes que soy la única que se preocupa por ti.

Bruno miró atrás. El Lagartija le clavaba una mirada incendiaria.

Tuvo un estremecimiento.

Se levantó bruscamente de la silla. Mónica estuvo a punto de caer al suelo, pero no le importó. Sin mirar a su alrededor, caminó deprisa hacia la puerta y salió de clase.

Eran las ocho.

Su padre todavía no había vuelto de la entrevista.

Caminaba inquieto de un lado a otro del comedor. Le preocupaba lo que Santi le pudiera estar explicando. Trató de tranquilizarse, pero su mente no podía dejar de pensar en las consecuencias de aquella entrevista.

La puerta se abrió.

Bruno se asustó. Aunque esperaba que su padre regresara en cualquier momento, le sobresaltó el sonido de la llave abriendo la cerradura. Su padre apareció tras la puerta.

–Hola, Bruno.

–Hola.

–¿Hoy no vas a nadar?

–Sí, ahora iré.

El padre entró en el comedor, pasó por su lado y se dejó caer en el sofá. Bruno intentó averiguar qué decía su semblante, pero fue incapaz de extraer ninguna información. Al final, se dejó vencer por la impaciencia.

–¿Cómo ha ido la entrevista?

–Ha ido bien. Tienes un tutor muy majo. Me ha explicado que vais a hacer una fiesta de fin de curso en la playa. Se nota que es joven y tiene ganas de hacer cosas.

–¿Y qué más te ha dicho?

El padre carraspeó.

–Bueno, dice que eres un chico atento en clase y que no tendrás problemas para aprobar el curso.

Se detuvo un instante.

–¿Y qué más?

El padre balbuceó unos instantes sin saber cómo continuar.

–Bueno, también me ha comentado que está preocupado por ti. Cree que algunos compañeros te molestan en clase y te hacen sentir mal. Me ha preguntado si yo he notado algo, pero la verdad, Bruno, no he sabido qué decir. Siempre te he visto igual. Reconozco que últimamente he estado trabajando muchas horas y apenas hemos tenido tiempo para hablar. –Su voz se volvía trémula como la llama de una vela–. Quizás no he sido el padre ideal, pero me gustaría que confiaras en mí y me contaras cualquier problema que tengas en el instituto.

Bruno sintió unas ganas tremendas de llorar. ¿Qué le tenía que explicar a su padre? ¿Que ayer le habían dado una paliza de la que casi se queda inválido? ¿Que se pasaba todos los recreos solo?

¿Que era el apestado de la clase? Las cosas no cambiarían por más que se las explicara. Nadie podía hacer nada por ayudarlo. Eran sus problemas y ya era mayorcito para solucionarlos.

–No hace falta que te preocupes, papá, estoy bien –aseguró cogiendo la bolsa de deporte.

Los ojos del padre se inundaron de tristeza.

–Lo siento, Bruno, si no he estado ahí cuando me has necesitado.

Bruno asintió en silencio y abrió la puerta de casa. Nunca había visto a su padre tan compungido. No lo culpaba por trabajar tanto; es más, prefería que fuera así para que no descubriera el calvario que sufría en el instituto. Sin embargo, las palabras de Santi le habían hecho tomar conciencia de la realidad y ahora parecía inevitable que lo invadiera un gran sentimiento de culpa.

–Me voy a la piscina.

Su padre agachó la cabeza.

Bruno se quedó unos instantes en el umbral de la puerta y pronunció dos palabras que le nacieron del corazón. Dos palabras que hacía años que no pronunciaba.

–Te quiero.

Nadaba desafiando las leyes del tiempo. El agua le abría paso a cada brazada. Día a día se exigía más esfuerzo, más eficacia, más rapidez. Se entregaba en cuerpo y alma al único deporte que le daba sentido. El mar nunca más le ganaría la partida. ¡Nunca más! Sus dedos prácticamente se tocaban con los dedos de ella. Los labios se le humedecían de lágrimas mientras gritaba su nombre. Ella solo echaba sangre por la boca. Una impetuosa ola rompía contra las rocas. ¡Nunca más!

Detuvo el cronómetro.

16 minutos, 29 segundos y 8 centésimas.

Nuevamente había conseguido superarse. Realizó un par de estiramientos y salió de la piscina. En el agua se veía su propio reflejo trémulo mientras caminaba hacia el vestuario. Una vez allí, se duchó y se vistió rápidamente porque tenía ganas de hablar con Lidia. En menos de diez minutos, ya se dirigía a la salida.

–¡Ey, Lidia!

La chica levantó la mirada del ordenador.

–Hola.

Bruno se apoyó en el mostrador de recepción. Percibió que Lidia tenía una cara de cansancio y hastío.

–¿Te encuentras bien?

Ella inspiró hondo mientras apagaba el ordenador.

–Me acaba de llamar el jefe y me ha dicho que mañana tengo que venir a las siete de la mañana. Me ha hecho una gracia... Este sábado era mi día libre.

–Vaya jugada... ¿Y hasta qué hora estarás?

–Hasta las tres.

–Bueno, al menos tienes toda la tarde libre. Podría ser peor.

En ese momento, el socorrista se acercó al mostrador y los dos se callaron como dos niños que planean una travesura. El chico firmó la hoja de revisión, se despidió de ellos y se marchó.

Lidia apagó el ordenador.

–Todavía no sé qué haré mañana por la tarde –reconoció cogiendo el bolso.

Bruno sintió un cosquilleo en el estómago. Había llegado su oportunidad y no podía desaprovecharla. Lidia se lo ponía en bandeja. Quizás podría ser una locura, pero tenía que intentarlo.

–¿Quieres que vayamos al cine?

9

Lidia se maquilló delante del espejo. Se había pintado los labios de un tono rosa claro y ahora se repasaba la línea de los ojos.

Aún no podía creer que le hubiera dicho que sí. Había quedado con un chico que apenas conocía y que era más pequeño que ella. Un año de diferencia se notaba mucho entre los diecisiete y los dieciocho.

Era una situación muy extraña.

Habían quedado en la plaza del pueblo a las seis. Ella sería quien lo recogería en coche y lo llevaría a los cines. Estos se encontraban en un polígono industrial donde también había restaurantes y discotecas. Solía salir con sus amigos por allí. De hecho, había apagado el móvil porque seguramente le propondrían quedar esa noche y no quería darles explicaciones, aunque ya contaba con la posibilidad de encontrárselos en cualquier momento.

Se puso color en los pómulos.

Había quedado con Bruno porque le caía bien. Lo veía un buen chico y la hacía reír. A veces hay personas con quienes conectas enseguida sin saber exactamente por qué. Bruno era una de esas personas. Aun así, notaba un poso triste en su personalidad. Sabía que tenía problemas serios en el instituto, pero además intuía una tristeza de fondo que se le marcaba en los ojos.

Se echó un último vistazo y salió del lavabo.

–¡Mama, me voy! –voceó cogiendo las llaves.

–¿Adónde vas? –preguntó ella saliendo de la cocina.

–Al cine.

–¿Con quién?

Lidia abrió la puerta de casa y le dio un beso impulsivo.

–Con un novio que tengo por ahí escondido.

La madre puso los ojos en blanco.

–No vengas tarde, ¿eh?

–Tranquila.

Bruno la esperaba sentado en un banco de la plaza. Cuando la vio llegar, se levantó y se dirigió hacia ella. Se había puesto de punta en blanco. Llevaba una camisa de lino de cuello Mao, unos tejanos oscuros y unas bambas oscuras. Acostumbrada a verlo de *sport*, reconoció que le resultaba atractivo vestido de fin de semana.

–¡Hola, Lidia! –saludó entrando en el coche.

El chico hizo el amago de darle dos besos, pero titubeó en el último momento y optó por ponerse el cinturón, aunque no consiguió encajar el enganche hasta el tercer intento. Se notaba que estaba nervioso.

–Te he traído un regalo –le anunció Lidia poniéndose en marcha.

–¿Ah sí?

–Lo tienes en el asiento de atrás.

Bruno se giró y cogió una bolsa que estaba encima del asiento. Dentro había un objeto alargado recubierto de papel de periódico.

–A ver qué me traes... –dijo mientras lo desenvolvía–. ¡Anda, otro cactus!

Se trataba de un cactus de un solo tallo, alargado y abultado en la parte superior.

–Quería que tú también tuvieras el tuyo –reconoció Lidia–. Así hacemos la parejita.

–¡Pues muchas gracias! Adivina cómo se va a llamar.

–No me digas que le vas a poner mi nombre.

–¡Claro que sí! Lidia le queda estupendo.

Ella resopló ante la ocurrencia, pero ya había previsto esa situación. Sería divertido que cada uno tuviera un cactus con sus respectivos nombres.

–Por cierto, ¿cómo está tu cactus? –preguntó él.

–Querrás decir cómo está Bruno.

–Eso, Bruno –rectificó–. ¿Cómo está?

–Lo miro todos los días, pero no lo veo feliz –reconoció Lidia suspirando–. Me da la impresión de que está triste.

Bruno frunció el ceño.

–¿Por qué lo dices?

–Es raro. Quizás no le gusta el lugar donde está, pero creo que se siente triste por algo más. Parece como si una parte de sí mismo se hubiera muerto por dentro.

–¿Has probado a regarlo?

–Sí, pero el agua no lo ayuda, le hace más daño.

Bruno la contempló desconcertado, con la boca entreabierta, y estuvo pensando unos segundos antes de hablar.

–A lo mejor se sentía solo, pero seguro que se va recuperando gracias a ti –afirmó bajando la cabeza–. Tú eres la única que sabe cuidar de él.

Lidia se ruborizó. Comprendió lo importante que era para Bruno. No tenía a nadie más. Parecía mentira que un cactus sirviera para hablar con tanta franqueza de uno mismo.

El paisaje pasaba deprisa. Conducían por un tramo de carretera que tenía árboles en los márgenes y las ventanillas enmarcaban un paisaje de acuarelas de tonos verdes y marrones.

–¿Sabes ya qué vamos a ver? –preguntó Lidia para romper el hielo.

–Ni idea. Quería mirarlo en el móvil mientras te esperaba, pero me he dado cuenta de que no tengo móvil.

–¿Te lo has olvidado en casa?

–No, me lo cogió una de clase. Es una larga historia.

–Ah, vale.

–Si quieres, puedo mirar las pelis en tu móvil.

–Lo tengo apagado –saltó enseguida Lidia–. También es una larga historia.

Bruno se encogió de hombros y perdió la mirada en el paisaje que se le ofrecía a través de la ventana. Aunque mirara hacia el exterior, Lidia podía verle la cara en el reflejo del cristal.

–Pues ya elegiremos sobre la marcha –opinó Bruno–. Total, la peli es lo de menos.

Lidia le clavó una mirada que le pedía explicaciones y descubrió cómo Bruno sonreía a través del reflejo del cristal.

Escogieron una comedia romántica. En realidad, ella fue quien decidió la película, porque a Bruno tanto le daba. Cuando iban a pagar en taquilla, él se le adelantó y pagó las dos entradas. Ella no quería dejarse invitar, pues Bruno era estudiante y ella tenía un sueldo fijo, pero él insistió tanto que no le quedó más remedio que aceptar la invitación. A cambio, ella compró un bol inmenso de palomitas para los dos.

La sala estaba prácticamente vacía. Se sentaron en una de las últimas filas.

Mientras esperaban que la película empezara, Bruno lanzó una palomita al señor que estaba sentado dos filas delante. Cuando el hombre se giró, los dos se agacharon entre risas. Lidia también quiso probar la experiencia y lanzó una palomita todo lo lejos que pudo. Enseguida se escurrió entre los asientos mientras le daba un ataque de risa. Queriendo pasar desapercibidos, gatearon detrás de los asientos para cambiar de sitio, pero cuanto más intentaban contenerse, más ganas tenían de reír.

Una vez que empezó la película, se sentaron en una esquina. A Lidia le dolían la cara y el estómago de tanto reír. Hacía tiempo que no se lo pasaba tan bien con una persona. Bruno le hacía sacar su lado gamberro, y reconocía que ese puntillo imprevisible y alocado que tenía le encantaba.

Durante la película, también rieron en algunas escenas. Trataba de una pareja que se compraba un piso en el campo y los vecinos le hacían la vida imposible. No acabó de entender demasiado el argumento, pero estaba cómoda al lado de Bruno. Él, en ningún momento, se excedió. Tan solo, al final de la película, le pasó el brazo por detrás del cuello y ella apoyó lentamente la cabeza sobre su hombro. Fue algo natural, intuitivo. Lidia cerró los ojos, contagiándose del calor que emanaba su cuerpo y del aroma suave y dulce que desprendía su piel. Hubiera deseado que el tiempo se detuviera en aquel instante.

Al salir del cine, ninguno de los dos hizo mención de lo ocurrido, como si fuera un secreto del que no podían hablar para que no perdiera su magia.

–No es tarde. ¿Qué te parece si vamos a cenar? –le propuso Bruno–. Hay un italiano por aquí cerca. ¿Te hace?

–Claro que sí.

Estaba pasando una tarde realmente increíble. Bruno se estaba comportando como un adulto. Además, la invitaba al cine, la rodeaba con su brazo y le proponía una cena en un italiano. ¿Qué más podía pedir? Le entraban ganas de cogerse de su brazo y pasear juntos por la calle, pero reprimió el impulso porque solo eran amigos.

Caminaron hacia el restaurante por la acera de las discotecas. Había colas kilométricas para entrar en ellas. De repente, Bruno clavó los ojos en un punto concreto mientras su cara palidecía.

–¿Qué pasa, Bruno?

Él no reaccionó.

Lidia siguió la dirección de su mirada. Llegó hacia un grupo de chicas que esperaban para entrar en una discoteca. Todas parecían un calco de la misma: escotes de vértigo, faldas muy cortas y zapatos de tacón. En ese instante, una de las chicas se fijó en ellos y le dio un codazo a otra.

–¡Vámonos! –dijo Bruno cruzando la calle.

Lidia lo siguió, desconcertada, mientras miraba atrás. La chica que había recibido el codazo los observaba con unos ojos verdes salvajes como la selva.

–Bruno, ¿qué pasa?

–Nada.

–¿Quiénes son?

–Nadie.

Lidia optó por no insistir más y caminaron el resto del trayecto en silencio. Los ojos verdes de aquella chica se le habían quedado grabados en las retinas, unos ojos que concentraban una tormenta tropical.

Cuando llegaron al restaurante italiano, un camarero los acomodó en una mesa para dos. Era un restaurante pequeño, acogedor, donde todas las mesas tenían manteles de cuadros rojos y blancos. El camarero les trajo la carta y les puso los cubiertos envueltos en una servilleta.

Bruno se refugió tras la carta, pero Lidia se la apartó para enfrentarse a sus ojos. Le asustó lo que vio. Las pupilas de Bruno traslucían un miedo voraz que lo engullía por dentro y se adueñaba de su ser.

–Sigues teniendo problemas con tus compañeros, ¿verdad?

Él bajó la mirada. Cogió el cuchillo de sierra envuelto en la servilleta y agarró el mango con fuerza.

–Me imagino que debe de ser horrible levantarte cada día y soportar que te hagan la vida imposible, pero tienes que ser fuerte, Bruno, no puedes dejar que ellos te dominen. Nadie tiene derecho a humillarte y reírse de ti, porque nadie es mejor que tú.

Bruno apretaba el cuchillo clavando la punta sobre la mesa. Cerró los ojos mientras negaba con la cabeza.

–No me conoces, Lidia. No soy tan buena persona como crees –confesó con una voz tétrica.

–Hoy me has demostrado que eres una persona extraordinaria.

–He hecho cosas que están muy mal.

No sabía qué cosas habría hecho, pero tampoco le asustaban. Todo el mundo comete errores en su vida, pero lo importante no es el error, sino la actitud de corazón. Y percibía un corazón noble en Bruno. También percibía que sus compañeros se valían de ese error para martirizarlo y hacerlo sentir culpable. Ninguna mala acción justificaba ese maltrato tan cruel y egoísta.

–Bruno, ellos quieren que pienses así; se aprovechan de ti porque saben que tienes miedo. Y es normal que tengas miedo, pero no puedes dejárselo ver. Tienes que plantarles cara y decir basta.

Bruno presionaba el cuchillo con tanta fuerza que le temblaba la mano.

Lidia intentaba que sus palabras fueran suaves, pero al mismo tiempo firmes y convincentes. Seguramente nadie le había hablado con tanta claridad como ella. Por desgracia, Bruno solo debía escuchar comentarios denigrantes a su alrededor, y cuanto más los escuchaba, más los interiorizaba. Por eso necesitaba que alguien le hiciera ver la realidad. Sus compañeros le habrían rebajado tanto la autoestima que lo habían hundido en un abismo profundo del que no podía salir por sí mismo. Sin embargo, ella no pensaba dejarlo solo.

–Enfréntate a ellos y hazte respetar –lo animó mientras le alzaba el mentón y se encontraba al nivel de sus ojos–. Vales mucho, Bruno, nunca te olvides de eso.

Los dedos de Bruno soltaron lentamente el cuchillo hasta que cayó a la mesa.

10

Santi hizo sonar el silbato.

–¡Chicos, empezamos el examen! –anunció con voz fuerte–. Quiero dos filas en estos carriles. Haremos las pruebas de dos en dos.

Los alumnos formaron dos hileras en los dos últimos carriles de la piscina cubierta. Todos tenían los bañadores, los gorros de natación y las gafas a punto. La tensión se respiraba en el ambiente. Era la última semana de clase. Se jugaban la nota del tercer trimestre en ese examen de estilos.

–¡Vamos! ¡Quiero las filas bien hechas!

Bruno se quedó atrás mientras se acababan de definir las filas. Quería pasar lo más desapercibido posible. El Lagartija se había colocado el primero de la fila. Nadaba bien y lo sabía, de ahí que fuera el más competitivo de la clase.

–Os explico cómo será el examen –detalló Santi–. Tenéis que hacer un total de tres piscinas trabajando los estilos que hemos aprendido en clase. Haremos la primera piscina a braza, volveremos en crol, y la tercera, mitad mariposa y mitad espalda. ¿De acuerdo? El examen será por parejas, pero eso no significa que sea una competición. Cada uno que lleve el ritmo que le vaya mejor, pero recordad, ritmo constante. ¿Alguna pregunta? ¿No? Pues empezamos. Me gustaría que los dos primeros fueran buenos nadadores para que sirvan de ejemplo a los demás, así que los voy a escoger yo.

–Santi, a mí ya me tienes el primero –apuntó El Lagartija con cierta dosis de chulería.

–Vale, tú ya me sirves –aceptó el profesor–. Y el otro será... ¡Bruno!

Bruno resopló. Había estado escondiéndose entre los compañeros para hacerse invisible. Aun así, sabía que tenía bastantes opciones de que Santi lo seleccionara.

Se subió a la plataforma advirtiendo la mirada desdeñosa de El Lagartija. Los dos se pusieron las gafas de natación, flexionaron las rodillas y esperaron la señal de Santi.

–¿Preparados?

Inevitablemente, el examen se convertiría en una competición encarnizada entre los dos. Eran competitivos. Eran rivales. Eran los mejores.

–¡Adelante!

Los dos se tiraron al agua y empezaron a nadar a braza. A sus espaldas escuchaban los gritos y los vítores de sus compañeros. Empezaban en posiciones muy igualadas. Los dos miraban siempre hacia delante, con un objetivo fijo, sin permitirse ningún error. El agua hervía a su alrededor. Bruno sentía cómo las pulsaciones se le disparaban.

Tocaron la pared al mismo tiempo.

Se impulsaron mientras estiraban el cuerpo y sacaban el primer brazo fuera del agua. Cambiaban al estilo crol, mucho más rápido que el anterior. Ahora se veían las caras cada vez que las ladeaban. Seguían muy igualados. El agua ardía como la lava de un volcán. El corazón latía desenfrenado. Los silbidos y los gritos de ánimo resonaban por toda la piscina como si una gran multitud presenciara la hazaña.

Tocaron la pared en el mismo instante.

La tercera piscina marcaría la diferencia. El estilo mariposa era el más difícil y extenuante. Llevaban los brazos hacia adelante mientras sumergían la cabeza, y cuando daban una patada con las piernas la sacaban de nuevo. Tenían la meta ante sus ojos. Solo había que llegar antes que el adversario. El agua le abrasaba la piel. El corazón parecía desgarrarles el pecho.

Llegaron a la mitad de la piscina.

Santi les silbó para que cambiaran de estilo a espalda.

Ninguno de los dos obedeció. El estilo mariposa, aunque más extenuante, era la manera más rápida de llegar a la meta. Era una cuestión de honor. No podían permitirse el lujo de llegar más tarde.

Bruno se dejaba la piel. Nadaba en una piscina en llamas. La expectación era máxima. Sus compañeros corrían por los laterales para constatar quién llegaba primero. La meta estaba cada vez más cerca. Un último esfuerzo. Todos sus músculos trabajaban al máximo rendimiento. Tenía que llegar primero.

Sus manos tocaron la pared de la piscina.

Cogió una bocanada de aire y giró la cara. El Lagartija también estaba allí. Ahora quedaba por determinar quién había llegado primero. Muchos de sus compañeros se aglomeraban enfrente de ellos mientras gritaban excitados. Algunos decían que Bruno había llegado primero; otros, que El Lagartija.

Bruno recuperaba el aliento mientras se sumía en una profunda decepción.

Si no había un ganador claro, se trataba de empate técnico.

Era un resultado desastroso para dos personas tan competitivas como ellos. Hubiera preferido perder antes que empatar. El Lagartija se quitó las gafas mientras respiraba fatigado. En sus ojos también se podía leer la insatisfacción de no haberse impuesto claramente a Bruno.

–He dejado claro que no estábamos compitiendo –recalcó Santi mientras se les acercaba–. Además, estabais tan pendientes de ganar que no habéis hecho el estilo de espalda.

Bruno se había enfrascado tanto en la competición que ni siquiera se había acordado de cambiar de estilo. Aun así, Santi tampoco parecía enfadado.

–Ya me pensaré vuestra nota –dijo mientras apuntaba algo en una hoja que apoyaba en su carpeta–. Ahora que habéis acabado, podéis iros a las duchas o podéis quedaros en aquella piscina de allí.

El tutor señalaba una piscina adyacente que solía destinarse a las actividades de AquaGym.

–Vosotros mismos.

Santi y sus compañeros se encaminaron hacia la línea de plataformas de salto. Bruno esperó que El Lagartija decidiera primero. Observó cómo se ponía las chanclas y se dirigía hacia el vestuario, así que él decidió quedarse en la piscina para no coincidir con su adversario

Llevaba poco más de un minuto en la piscina cuando vio cómo El Lagartija salía de los vestuarios y se le acercaba. El pánico le recorrió las terminaciones nerviosas. Santi estaba tan pendiente del examen que no se percataba de la situación.

Cuando llegó a la piscina, se tiró de cabeza y le salpicó en toda la cara. Bruno pensó en salir cuanto antes, pero El Lagartija salió justo delante de las escaleras. Ambos se encontraron cara a cara.

En la pared, la aguja de un reloj descendía como el filo de una guillotina.

–Veo que has mejorado –observó El Lagartija con una voz pausada–. Ya podías haber nadado así cuando tuviste que hacerlo.

A Bruno se le cortó la respiración. Sus ojos reprodujeron el violento oleaje de aquel siete de julio. El mar lo engullía entre sus fauces. El agua se le introducía por las vías respiratorias. Sentía los espasmos de la muerte. No tenía ganas de luchar. Se hundía en un abismo... Entonces, un brazo inesperado lo cogía del cuello y lo sacaba a la superficie.

–Tendría que haberte dejado morir.

Sus palabras estaban envenenadas de odio y rencor.

Sí, había sido El Lagartija quien le había salvado la vida. Si no hubiera sido por él, habría muerto ahogado. El Lagartija se había lanzado al mar y lo había arrastrado hasta la orilla sin soltarlo en ningún momento. Desde entonces, sentía que estaba en deuda con él. Había soportado tantas vejaciones porque su vida ya no tenía ningún valor, dependía completamente de él. A fin de cuentas, seguía vivo porque él había querido.

–Yo no te pedí que me salvaras –afirmó Bruno armándose de valor.

La aguja del reloj descendió un grado más.

El Lagartija no respondió, pero sus ojos emanaban una oscuridad profunda que fue envolviéndolo como una nube negra. Antes de que alguno hablara, Pepelu y Queipo aparecieron como dos espectros.

–¿Podemos añadirnos a la fiesta?

Bruno lanzó una mirada de auxilio a Santi. El profesor parecía que se hubiera olvidado de la piscina. ¿Cómo podía cometer semejante error? La ansiedad le carcomió las entrañas.

El Lagartija sonrió complacido mientras Pepelu y Queipo se tiraban al agua. La nube negra también se extendía hacia ellos dos.

Bruno tenía que salir cuanto antes de allí. Se acercó a las escaleras, pero cuando se disponía a subir, una mano le presionó el hombro para detenerlo. Al girarse, El Lagartija, Pepelu y Queipo lo rodearon.

–¿Adónde crees que vas?

Bruno echó una rápida ojeada a Santi. Estaba demasiado ocupado como para percatarse de lo que ocurría. Con solo un grito podría llamar su atención, pero el miedo le paralizaba la voz.

–¿No me decías que hubieras querido ahogarte? Pues te vas a ahogar –sentenció El Lagartija mientras hundía sus hombros en el agua.

Bruno se sumergió en el agua. Sentía la presión de varias manos sobre su cabeza. Intentó impulsarse hacia arriba, pero lo tenían inmovilizado. El Lagartija, Pepelu y Queipo le sujetaban los brazos con fuerza. Abrió los ojos para buscar la manera de escabullirse. Las piernas de sus contrincantes lo acorralaban. ¡Se quedaba sin aire! Gritaba desesperadamente, pero sus gritos se convertían en burbujas que ascendían y reventaban en la superficie.

Intentó impulsarse hacia arriba una vez más.

Cuanto más se movía, más fuerza ejercían los demás sobre sus brazos y hombros. Podía oír sus risotadas distorsionadas. ¡Necesitaba respirar! Notaba cómo las pulsaciones le sacudían el cuerpo. Los ojos se le salían de las órbitas. Los tímpanos le reventaban. ¡No podía más! Cada vez oponía menos resistencia.

La visión se le nublaba.

Todo daba vueltas a su alrededor.

Entonces, las mismas manos que lo inmovilizaban dejaron de presionar.

Después del recreo, volvían a tener clase. Tres duras horas. Bruno se había planteado no asistir a clase, pero finalmente había hecho un esfuerzo. Era la última semana. Solo tenía que aguantar cuatro días.

Al acabar la clase, la profesora de Lengua se marchó y los dejó solos. A Bruno se le aceleraron las pulsaciones. Se levantó. No quería quedarse dentro del aula y se dirigió hacia la puerta. Mónica le había estado observando por el rabillo del ojo durante toda la clase y seguramente aprovecharía el momento para sonsacarle con quién había estado el sábado.

Cuando se disponía a salir del aula, sus peores pronósticos se cumplieron. Mónica le interrumpía el paso en el umbral de la puerta.

–Mónica, necesito salir.

Ella se recostó en la jamba de la puerta. Se había vestido especialmente provocativa ese día. Llevaba unos *shorts* tejanos que enseñaban los bolsillos y una camiseta muy ceñida sin mangas.

–¿Quién era la chica con la que ibas el sábado? –le preguntó sin tapujos.

–Mónica, tengo que ir al lavabo –mintió para que le dejara pasar.

–No sabía que tenías novia.

–No es mi novia, es una amiga.

–Sí, claro, la típica excusa.

Parecía molesta. No tenía motivos para estarlo porque, al fin y al cabo, ellos dos nunca habían sido nada y él tampoco le había dado motivos para creer lo contrario. Sin embargo, su desinterés debía herir el orgullo de Mónica, una chica demasiado acostumbrada a conseguirlo todo.

–¿Me vas a dejar salir?

Mónica se le encaró.

–Pensaba que entre tú y yo había conexión, pensaba que nos entendíamos –le expresó mientras le ponía la mano en el pecho–. Ahora veo que has estado jugando conmigo.

Bruno le retiró la mano. No le gustaba el tono que estaban adquiriendo las palabras de Mónica. Miró a su espalda. Algunos compañeros observaban la escena con atención. Tenía que cortar aquello cuanto antes.

–Mónica, nunca hemos sido nada.

–Solo me querías por interés –prosiguió con más ímpetu–. Sabes que serías un mierda sin mí. He sido la única que te ha defendido y ha dado la cara por ti. ¿Y cómo me lo agradeces?

Iba elevando el tono de voz. Tenía una peligrosa capacidad para tergiversar la realidad y poner las cartas a su favor. Con toda la sutileza del mundo, estaba interpretando el papel de víctima delante de sus compañeros.

–Mónica, podemos hablarlo en otro momento.

–¿Y por qué no lo hablamos ahora?

–No es el momento. Déjame pasar.

Trató de cruzar la puerta, pero Mónica no se movió del sitio. Al intentar esquivarla, notó cómo su mano se le hundía en el ombligo y se deslizaba lentamente hacia abajo.

La situación había llegado demasiado lejos. La cogió de la mano y la detuvo.

–¡Déjame en paz! –profirió Bruno mientras la empujaba hacia delante.

Mónica cayó al suelo en medio de la clase.

Se produjo un silencio sepulcral. Todas las miradas convergieron en Bruno con una mezcla de asombro y reprobación. Este contempló horrorizado lo que había hecho y fue recorriendo las caras condenatorias de Pepelu, Queipo, Guille, Tatiana y los demás. Sintió como si lo abatieran a tiros. No tuvo el valor suficiente para mirar a El Lagartija. Dio un paso atrás. Mónica empezó a levantar la cabeza. Dio otro paso atrás. Se encontró con sus ojos verdes ardiendo en llamas. Fue lo último que vio antes de salir corriendo.

Como todas las noches, había estado nadando. Ahora solo tenía ganas de ver a Lidia. Cuando llegó a la recepción, ella ya recogía sus cosas. Aunque había tenido muchos problemas ese día, se olvidaba de todo tan solo con mirarla. Cada vez que estaba con ella, se aislaba en una burbuja del mundo real.

–Hola, Lidia.

Lidia le dedicó una de sus espléndidas sonrisas. No sabía definir en qué situación se encontraban ellos dos. ¿Eran novios? ¿Eran amigos? ¿Eran algo más? En realidad, tampoco le importaban las etiquetas. Lo único verdaderamente importante era que se sentía a gusto con ella.

–Ya pensaba que no salías –le dijo Lidia mientras apagaba las luces–. ¿Qué tal el día?

Esa pregunta tenía una difícil respuesta cuando habían estado a punto de ahogarlo y cuando él había humillado a Mónica delante de toda la clase. Aún estaban por ver las consecuencias que tendría aquella acción.

–Mejor no quieras saberlo.

–¿Por qué? ¿Has tenido problemas?

–Prefiero no hablar de eso. Me gusta más hablar de cactus.

No quería hablar con Lidia de sus problemas. Para una vez que disfrutaba con la compañía de alguien, no quería enturbiar el momento con todo aquello que le hacía sufrir. De hecho, quería olvidarse de sus problemas, y la única manera de hacerlo era no hablando de ellos; de lo contrario, entraría en un bucle del que no podría salir.

Como de costumbre, el socorrista salió de la piscina y firmó la hoja de control. Lidia y Bruno permanecieron callados hasta que se marchó.

Salieron del gimnasio mientras hablaban y se reían. En el aparcamiento no había más coches que el de Lidia, iluminado bajo la luz de la farola. Sin embargo, divisaron algo extraño en el coche.

A medida que se acercaban, el horror se imprimía en sus rostros.

El Seat Ibiza de Lidia aparecía con los cristales rotos y unas letras pintadas en rojo. Dos palabras que se les cincelaron en las retinas: BRUNO ASESINO.

11

Bruno caminaba hacia el instituto.

No se podía quitar de la cabeza la pintada que había aparecido en el coche de Lidia. ¿Quién había podido hacer algo así? En realidad, todas sus sospechas se reducían a dos personas: El Lagartija y Mónica. Solo ellos dos tendrían la sangre fría para realizar una salvajada así. Ambos querían hundirlo en la desgracia, pero intuía que podía haber sido Mónica. Después de haberla humillado en público, no se quedaría de brazos cruzados. En definitiva, fuera quien fuese, había conseguido hacerle daño. Durante todo el curso había tenido que soportar palizas, burlas e insultos, pero nada le había dolido tanto como aquel mensaje pintado en el coche de Lidia.

Ella se había quedado destrozada. ¿Qué se suponía que le tendría que explicar? La noche anterior había sido incapaz de hablar con ella, pero creía necesario tratar el tema. Por eso, había pensado explicárselo todo esa misma noche. Quizás hubiera esperado un tiempo más, pero los acontecimientos habían precipitado el momento de descubrirle sus fantasmas interiores. Quería ser sincero con ella. Si tenían perspectivas de iniciar una relación seria, primero merecía saber la verdad. Sería duro, pero Lidia debía saber quién era realmente. A veces tenía la sensación de que la estaba engañando. En una ocasión, Lidia le había dicho que lo veía una persona extraordinaria, pero se guiaba por una mera impresión. Una cosa era la imagen que él transmitía y otra muy distinta quién era realmente. Una vez escuchó que alguien decía que nuestros actos nos definían como personas. Pues bien, quería que Lidia conociera su pasado, el gran error que cometió, y que entonces decidiera si quería estar con la persona que tenía delante. Con Lidia no podía tener secretos.

Traspasaba la verja escolar.

Asistir al instituto esa mañana se le hacía cuesta arriba. Quedaba menos de una semana de clase, pero estaba viviendo un auténtico infierno durante la recta final del curso. El Lagartija y sus secuaces habían intensificado los ataques y las burlas hacia él. En menos de diez días le habían fotografiado desnudo en el vestuario, lo habían encerrado en el cuarto de la limpieza, le habían dado una paliza en los lavabos y habían estado a punto de ahogarlo. No podía aguantar ese ritmo. Se había hecho fuerte a base de golpes, pero su resistencia tenía un límite. Seguramente no habría soportado tanta presión si no hubiera sido por Lidia. Desde que la había conocido, había recuperado las fuerzas y la ilusión.

Entró en el instituto y se encaminó hacia el aula.

Divisó a Mónica y El Lagartija entre el gentío. Venían riéndose desde la otra punta del pasillo. ¿Qué habían estado haciendo allí? En esa zona solo había dos lavabos, y casi siempre estaban vacíos. Entonces le pareció ver que él la cogía de la cintura.

Sintió un escalofrío. Tenía motivos para preocuparse. Mónica y El Lagartija llevaban prácticamente un año sin hablarse, y resultaba muy sospechoso que salieran del lavabo con tanta complicidad. Todo parecía indicar que se habían reconciliado. El vello se le ponía de punta solo de pensarlo. Ambos podían ser peligrosos si aunaban sus fuerzas. Bruno se encontraba en el punto de mira de los dos, y la situación se había agravado desde que humilló a Mónica delante de toda la clase. Sin duda, esa acción tendría represalias. Los destrozos en el coche de Lidia solo habían sido el principio.

Entró en el aula.

Mónica estaba sentada encima de El Lagartija. Cuando lo vieron entrar, le clavaron una mirada desafiante. Bruno agachó la cabeza y cruzó la clase lo más rápido que pudo. Cuando llegó a la mesa, encontró allí su móvil.

Se giró y miró a Mónica.

Ella se hacía la distraída, pero era evidente que había advertido su mirada. Bruno no entendía aquella actitud. Después de haberle retenido el móvil durante una semana, ¿por qué se lo devolvía sin más? Quizás, hasta ese momento, nunca había perdido la esperanza de que fuera a recogerlo, y ahora que se había reconciliado con El Lagartija, ya no le veía sentido a quedárselo. En cualquier caso, Bruno se alegraba de no haber cedido al chantaje de Mónica, aunque eso le hubiera supuesto aguantar los contratiempos de no tener móvil.

–*Good morning!* –saludó el profesor de Inglés al entrar en el aula–. *Sit down and open your books!*

Todos los alumnos ocuparon sus asientos y abrieron los libros con pereza.

Estaban realizando ejercicios del libro cuando sonó el timbre escolar. Eran las ocho y media de la mañana; no era normal que el timbre sonara en medio de una clase.

–¿Qué pasa, profe?

El sonido del timbre duró treinta segundos. El profesor estaba confuso y salió del aula para preguntar qué estaba pasando. Por los pasillos se podía oír a los primeros alumnos que gritaban alborotados por la situación.

Aprovechando que estaban solos, algunos compañeros se asomaron al pasillo para observar el panorama. Había un caos absoluto. Nadie sabía qué ocurría. Se escuchaba un gran revuelo en todas las aulas y los gritos de algunos profesores pidiendo calma.

En medio de aquel estado de anarquía, el profesor de Inglés regresó sofocado.

–A ver, chicos, poneos rápidamente en fila porque salimos al patio –anunció con cierto nerviosismo–. No cojáis nada.

–Pero ¿qué pasa?

–¿Por qué tenemos que salir?

–¿Es un simulacro?

Las preguntas se sucedían sin orden ni concierto mientras abandonaban sus sitios. Entretanto, el profesor examinaba atentamente el mapa que había colgado en la puerta del aula.

–Vamos a evacuar el centro –informó sin rodeos–. Quiero una fila bien hecha.

Todos los alumnos se agolpaban en la puerta, dándose codazos y empujones para ser los primeros en salir. Afuera se escuchaban gritos de todo tipo: «¡Incendio!», «¡Bomba!», «¡Terroristas!». En el pasillo ya se veían algunos profesores que dirigían a sus alumnos hacia el patio.

–¿Y por qué ellos salen antes que nosotros?

–Profe, ¿nos dices qué pasa o qué?

–¡Vamos a morir!

El timbre escolar sonó por segunda vez.

El profesor, desquiciado por la situación, dio la señal de salida y toda la clase abandonó el aula en estampida. En el pasillo confluían con compañeros de otras clases, produciendo un alboroto tan descomunal que apenas se escuchaba el timbre.

La situación era propia de un estado de emergencia. Había algunos enloquecidos que gritaban descontrolados, otros que no paraban de llorar, otros que llevaban todas sus pertenencias a cuestas...

Bruno se agobió. No sabía hacia dónde iba, solo se dejaba llevar por la marea humana. Un chico se cayó al suelo y nadie se detenía a ayudarlo. Bruno se le acercó abriéndose paso como pudo y le dio la mano para que se levantara.

Cuando salió al patio, vio a la policía. Varios agentes entraron en el instituto mientras otros acordonaban las entradas.

Todos se agolpaban a bastante distancia del edificio. En el patio no cabía ni un alfiler. Todo el mundo estaba allí, tanto alumnos como profesores y administrativos. Bruno buscó al profesor de inglés. Todos los profesores intentaban reunirse con sus alumnos mientras esperaban la valoración de la policía.

La directora y el jefe de estudios hablaban con un policía fuera del recinto escolar. La directora parecía muy alterada y el agente intentaba tranquilizarla con sus palabras y gestos.

La expectación iba creciendo cuanto más tardaban en aparecer los agentes. Corrían rumores de todo tipo, desde que había un brote de peste hasta que se había producido una invasión alienígena.

Al cabo de veinte minutos, los agentes de policía salieron del instituto, cruzaron el patio creando una gran expectación entre los estudiantes y se reunieron con la directora y el jefe de estudios. Después de una breve explicación, los agentes se despidieron y se marcharon en el coche patrulla.

La directora rompió el acordonamiento y se puso delante de todos los alumnos.

–¡Ya podemos entrar en el instituto! ¡Ha sido una falsa alarma! –anunció la directora–. Al parecer, alguien del centro ha llamado a la policía dando un aviso de bomba. La policía se encargará de averiguar quién ha hecho la gracia.

Todos volvieron a las aulas progresivamente. Durante el resto del día no se habló de otra cosa. Todo el mundo se preguntaba quién podía haber llamado a la policía. Fuera quien fuese, había conseguido armar un buen revuelo. De hecho, la directora les había hecho llegar un comunicado en el que advertía que el alumno de la broma sería expulsado del centro y la policía impondría una multa a sus padres.

Eran las dos y media.

Por fin podía salir del instituto. Había entrado con cierto temor, pero el incidente de la bomba había acaparado la atención de sus compañeros y había podido pasar más desapercibido.

Sus compañeros recogían más rápido de lo normal. De hecho, El Lagartija y Mónica fueron de los primeros en salir de clase.

Algo ocurría. Escuchaba susurros entre sus compañeros y algunos lo miraban disimuladamente mientras cuchicheaban. No sabía qué sucedía, pero no le daba buena espina.

Los últimos compañeros salieron prácticamente corriendo de clase.

Bruno se quedó solo en el aula.

Cerró la cremallera de la mochila, se la echó al hombro y salió de clase. Caminó entre los pasillos junto a compañeros de otras clases. Notaba que algunos lo miraban con descaro mientras daban codazos a sus compañeros.

Se sentía demasiado observado.

En la ley del instituto, ser observado era indicio de peligro.

Cruzó el patio, el mismo lugar que unas horas antes había estado abarrotado de gente por el desalojo del instituto. Al traspasar la verja, vio un corrillo de personas entre los árboles. En ese corrillo enseguida reconoció a muchos de sus compañeros de clase. Tuvo un mal presentimiento, así que intentó alejarse lo máximo posible del grupo. Sin embargo, Pepelu surgió de detrás de un árbol como un fantasma.

–¡Ey, Bruno! –le saludó con una falsa simpatía–. ¿Por qué no te vienes con nosotros?

Sin darle opción a contestar, lo cogió del brazo, lo condujo hacia el corro y lo empujó al centro. Bruno se vio rodeado de unas treinta personas, entre las cuales reconoció a El Lagartija, Queipo, Guille, Tatiana y Mónica, así como a compañeros de otras clases.

El Lagartija dio una calada al cigarrillo que llevaba entre los dedos y se le acercó.

–¿Qué, Bruno? –levantó la voz con tono desafiante–. ¿Por qué no repites lo que le dijiste ayer a Mónica?

Ella lo contemplaba de brazos cruzados, seria.

Un sudor frío le rasgaba la piel de la espalda. Intentó salir del círculo, pero quienes lo rodeaban le cortaron el paso y lo empujaron al centro

–¿Qué pasa? ¿Aquí afuera no tienes huevos de decir lo que piensas? –le provocó mientras se colocaba a dos centímetros de él.

Le sopló el humo del cigarrillo en sus narices con descaro. Bruno cerró los ojos, pero mantuvo la compostura.

–¡Lagartija, a por él!

–¡Pártele la cara!

Le dio otra calada al cigarrillo. Se notaba que disfrutaba con la situación y que quería saborearla poco a poco.

–Eres un mierda. Y ningún mierda como tú le tose a la cara a mi novia –le reprochó mientras apagaba la colilla del cigarrillo en su brazo.

Bruno apartó el brazo y se frotó la zona quemada. Escuchaba insultos y abucheos a su alrededor. La situación le sobrepasaba. Ver el desprecio que le tenían sus compañeros le hacía sentir un ser repulsivo. Tenía ganas de llorar.

–Lagartija, ya basta –intervino Mónica.

–No sé cómo te atreves a tocarla –le dijo cogiéndolo del brazo.

–¡Lagartija, por favor!

–No la quería tirar al suelo –balbuceó Bruno.

El Lagartija soltó una carcajada irónica.

–Ahora vas de niño bueno, pero a mí no me engañas. No me das ninguna pena, Bruno, porque sé quién eres de verdad. ¡Eres un asesino!

Aquellas palabras le acribillaron como las estrellas voladoras de un ninja. Comprobó la reacción de sus compañeros. La mayoría se sorprendieron al escuchar una acusación tan fuerte. Habían escuchado versiones de lo que ocurrió aquel siete de julio, pero no relacionaban a Bruno con la trágica muerte que se produjo aquel día.

–¡Eres un maldito asesino! –lo acusó con los ojos inyectados en sangre.

¡No era justo! ¡No quería hacerlo! El mar embravecido rompía contra el peñón. El sol los deslumbraba. Ella se ponía la mano de visera mirando el mar. Sus pies descalzos estaban al borde del precipicio. Él le acariciaba la espalda mientras le susurraba algo al oído. Ella negaba con la cabeza.

–¡No! –gritó Bruno abriéndose paso con una fuerza descomunal.

Llamaron a la puerta.

Bruno estaba tumbado en la cama. Levantó la cabeza de la almohada y miró el reloj. Eran las ocho de la tarde. No sabía quién podía ser a esas horas, pero no le apetecía ver a nadie. Había estado llorando toda la tarde. Aquel día había sido horrible, solo quería que acabara de una vez. Quedaban tres días de curso, pero se veía incapaz de acabar bajo tanta presión. Las cosas ya no podían ir peor.

Volvieron a llamar.

Esta vez, Bruno se levantó de la cama. Tenía las cuencas de los ojos secas de tanto llorar. Al llegar al recibidor, el espejo le devolvió el reflejo de sus ojos alicaídos y vidriosos.

Miró por la mirilla.

Había dos agentes enfrente de la puerta. ¿Qué hacían allí? Los músculos del cuerpo se le agarrotaron. Él no había hecho nada, pero la autoridad siempre le imponía respeto.

Abrió la puerta.

–Buenas tardes –habló un agente muy serio–. ¿Es usted Bruno Muñoz Codina?

–Sí, ¿por qué?

El policía miró hacia el interior de la casa.

–¿Están sus padres?

Bruno negó con la cabeza. ¿Qué hacían aquellos dos policías en casa? Eran dos hombres altos y fuertes. Lo que más le llamó la atención fueron la porra y las esposas que les colgaban del cinturón.

–Nos gustaría que usted y sus padres pasaran por comisaría lo antes posible –le explicó el policía mientras le entregaba un sobre.

–¿Por qué? ¿Qué ha pasado?

–Como usted bien sabe, a primera hora de la mañana hemos recibido un aviso de bomba en el instituto. Después de rastrear la llamada, hemos averiguado que se ha realizado desde su terminal móvil. Por ese motivo, le tenemos que tomar declaración junto con sus padres.

–No puede ser. Yo no he sido –se defendió Bruno.

–¿Entonces usted puede explicar por qué la llamada procede de su número de teléfono?

Una neurona hizo la conexión necesaria en su cerebro. ¡Mónica! Ella se había quedado con su móvil durante toda la semana, y precisamente esa mañana se lo había dejado encima de la mesa. ¿Cómo había podido hacer algo así? Quizás no había actuado sola. Había visto cómo El Lagartija y ella salían riéndose del lavabo a primera hora de la mañana. Habían sido ellos. Seguro.

–Una compañera me robó el móvil –aseguró Bruno, agobiado–. Yo no he sido, de verdad.

–¿Cuándo dice usted que esa compañera le robó el teléfono?

–Hace una semana.

–¿Y no realizó ninguna denuncia por robo?

–No –reconoció desconcertado–. No lo vi tan grave.

El agente abrió una libreta y realizó varias anotaciones rápidas.

–Entonces, usted afirma que una compañera de estudios tiene su teléfono.

–Sí... ¡Bueno, no! –matizó Bruno, hecho un manojo de nervios–. Me lo ha devuelto esta mañana.

El agente pestañeó un segundo y resopló negando con la cabeza.

–Lo mejor será que mañana se pase con sus padres por comisaría.

–¡Pero es que yo no he hecho nada!

–Allí podrá explicar todo lo que tenga que explicar –sentenció cerrando la libreta–. Buenas tardes.

Los policías se marcharon y Bruno permaneció inmóvil en el umbral de la puerta. Sujetaba el sobre que le habían entregado con la mano temblorosa. Ni siquiera se atrevía a abrirlo. Se sentía como los típicos protagonistas de las películas de intriga que se ven inculpados en un crimen que no han cometido, aunque todas las pruebas apuntan en su contra.

Cerró la puerta lentamente.

Se sentó en el sofá con el sobre en las manos. Le dio mil vueltas hasta que lo abrió.

La carta contenía una notificación para que Bruno se presentara en la comisaría de policía para prestar declaración. La carta decía que se le consideraba «infractor del orden público» y que se exponía a una sanción de 3.000 euros. Al leer esa cifra, la carta se le cayó de las manos.

¡3.000 euros!

Notó que le costaba respirar.

Sus padres no podían hacer frente a la multa. Un pago más los sumiría en la ruina.

Aún no daba crédito al complot que habían tramado Mónica y El Lagartija. ¿Cómo habían podido hacerle algo así? ¿Y cómo explicaba ahora la situación a sus padres?

Sentía una fuerte presión en la garganta, como si una fuerza invisible quisiera estrangularlo. Clavaba los dedos en el sofá mientras cogía bocanadas de aire. A su alrededor, todo daba vueltas. Los contornos se difuminaban. ¡Se asfixiaba!

Bruno llegó jadeando hasta la puerta del gimnasio.

Puso la mano en el tirador, pero se lo pensó dos veces antes de entrar.

Se había tenido que armar de valor para acudir allí. Esta vez no venía a nadar. Tenía que hablar con Lidia. La presión era muy fuerte. Dos turbinas ensordecían sus tímpanos. Sentía que la cabeza le estallaría hasta que no le contara la verdad.

Le debía una explicación. Había llegado el momento de revelarle su más oscuro secreto, el secreto que explicaba por qué dedicaba tantas horas a la natación, por qué le hacían la vida imposible en el instituto, por qué tenía un pececillo en un acuario de casa... Toda su vida estaba marcada por el suceso que ocurrió aquel siete de julio.

–Bruno, ¿qué haces aquí?

Lidia parecía sorprendida.

–Tengo que hablar contigo.

Ella debió advertir algo en su expresión que la asustó.

–¿Estás bien?

–Es muy importante, Lidia.

Ella cerró la puerta del gimnasio.

–¿Quieres que vayamos a dar una vuelta?

Bruno asintió. Los dos echaron a caminar bajo la luz de las farolas.

–¿Qué ha pasado con el coche?

–Lo tengo en el taller. Espero que mañana me lo den.

–¿Cuánto crees que te costará la broma?

No lo sé, pero menos mal que lo cubre todo el seguro. El coche estaba a todo riesgo.

–Me alegro. –Suspiró. Había llegado el momento–. Verás, Lidia, precisamente quiero hablarte de la pintada que había en el coche. Te debo una explicación.

Llegaron a un banco. Una extraña inercia los llevó a sentarse. El aparcamiento estaba enfrente y se intuía el edificio del gimnasio entre las sombras del fondo.

Bruno miró al suelo. La luz de una farola proyectaba sus sombras alargadas hacia delante. La suya temblaba levemente.

–Lidia, no sé por dónde empezar –reconoció con una voz quebrada–, pero tengo que explicártelo. Prefiero que lo sepas por mí antes que por otros.

–¿Qué pasa, Bruno?

La lengua se le hacía de cartón y las palabras se le atragantaban. Tenía que vencer sus propios miedos. Nunca antes había querido hablar del tema con nadie, pero había llegado el momento de descubrirse a sí mismo. Necesitaba librarse de los miedos que lo silenciaban.

–Yo tenía una novia.

Esas primeras palabras le rasgaron la tráquea al pronunciarlas.

–Se llamaba Eva. Era un año más pequeña que yo y nos conocimos el día que me la presentó su hermano, El Lagartija.

Cada palabra que pronunciaba se le recubría de sangre. Nunca antes había sido tan doloroso hablar, pero ya no había marcha atrás.

–El Lagartija y yo nos echamos novia ese mismo verano. Yo salía con su hermana, y él, con una chica que se llama Mónica. Solíamos quedar los cuatro todos los fines de semana, y un día se nos ocurrió ir a la playa. El Lagartija y yo teníamos moto y conocíamos una cala que estaba muy bien.

Las palabras le salían con más fluidez. Una vez que había abierto la compuerta de sus recuerdos, ya no había manera de retenerlos. Lidia lo escuchaba con atención, escondiendo las manos bajo los muslos.

–Había un poco de oleaje. Yo tenía un palo con red y me quería meter para pescar algún pez. Los demás no lo tenían muy claro, pero al final los convencí.

Recordaba perfectamente la agradable sensación de bucear con las gafas rodeados de peces. El Lagartija y Mónica se quedaban atrás mientras ellos sucumbían al encanto del mar. Fue entonces cuando un pececillo dorado se les introdujo en la red del palo.

En ese momento decidieron adoptarlo.

–El Lagartija y Mónica querían salirse, pero nosotros dijimos que nos quedábamos un rato más en el agua. Habíamos pescado un pececillo y se lo dimos para que nos lo cuidaran. Entonces nos separamos.

Fue la última vez que la vieron con vida. Si Bruno hubiera sabido lo que sucedería a continuación, jamás habría insistido en seguir en el agua, pero en ese momento tenían ganas de estar juntos y vivir la magia del momento.

–Fuimos buceando cerca de las rocas para buscar más peces. Cada vez había más oleaje, pero estábamos tan entretenidos que no le dábamos importancia al mar. Sin darnos cuenta, nos íbamos alejando de la costa. Entonces vimos un peñón que sobresalía del mar y convencí a Eva para que subiéramos. Pensé que las vistas serían fantásticas desde allí. Yo subía primero y ella me seguía. El peñón era más alto de lo que parecía a simple vista, pero el ascenso no resultaba difícil. Aun así, yo me giraba constantemente para comprobar que ella me seguía, y le ofrecía la mano de vez en cuando. En la cima encontramos un paisaje increíble. El reflejo del sol se descomponía en miles de estrellas que brillaban sobre un mar embravecido. Nos quedamos unos minutos contemplando aquella maravilla. Yo la abrazaba por detrás mientras le besaba el cuello. Los rayos del sol bañaban nuestras pieles bronceadas... En la cima me sentí el chico más afortunado del mundo. Todo estaba siendo perfecto hasta que... hasta que...

La voz se le quebró.

Tenía que hacer un último esfuerzo. Ahora venía la parte más traumática, el instante que cambió su vida. Era imposible describir con palabras el momento en el que sintió una bomba estallando en su interior.

–Tranquilo, Bruno.

La mano de Lidia le recorría la espalda.

Era incapaz de hablar. Los ojos se le inundaban de lágrimas. Las luces de las farolas se convertían en puntos luminosos diluidos. El mundo se emborronaba.

–Yo no sabía que...

La voz se le desgajó. Recordaba cómo se acercaban al borde del precipicio y se asomaban para ver las olas rompiendo contra el peñón. La brisa les hacía respirar el salitre que desprendía el mar.

–¿Qué pasó, Bruno?

La voz de Lidia era dulce y suave.

Las lágrimas de Bruno se teñían de sangre.

–Yo la empujé por el precipicio.

Sus manos la lanzaban al vacío. Vio cómo su cuerpo se desplomaba y su cabeza se estampaba contra el saliente de una roca. Cerró los ojos de inmediato. El sonido del impacto retumbó en su mente.

–No pensaba que se daría un golpe en la cabeza –se justificó con un hilo de voz–. Habíamos estado hablando de saltar al agua. Ella no estaba segura. Yo solo quería que se lo dejara de pensar... Por eso la empujé.

Eva había caído entre dos rocas que sobresalían del mar. Bajó lo más rápido que pudo del peñón. En cuanto vio la oportunidad, se tiró al agua y nadó hacia ella. Aún respiraba.

Nadaba hacia ella gritando su nombre. Ella le extendía el brazo mientras lo contemplaba con unos ojos estáticos. Un hilo de sangre le chorreaba de la boca entreabierta. Él prácticamente conseguía tocar su mano cuando una impetuosa ola rompía contra el peñón y los separaba para siempre.

–Todavía estaba viva. Las olas me impedían acercarme a ella, así que me puse a nadar. Tenía que pedir ayuda, pero estaba tan nervioso que empecé a tragar agua. Sentía que no avanzaba, que las olas me arrastraban contra las rocas. La situación me superaba tanto que dejé de nadar. Entonces, El Lagartija nadó hasta mí y me sacó del agua.

Recordaba el momento de sentir la arena de la playa. Apenas podía tenerse en pie. El Lagartija caminaba junto a él. Había cargado su brazo sobre el cuello mientras se arrastraban por el agua. Mónica corría hacia ellos, alarmada. Él no hacía más que toser y escupir agua. En la orilla, muchos turistas se les acercaban y les hablaban en lenguas incomprensibles. El Lagartija los apartaba bruscamente y se enfrentaba a sus ojos. «¿Dónde está Eva?», le preguntaba zarandeándolo. «¿Dónde está?».

–Vino un socorrista y expliqué lo que había pasado. Enseguida preparó una lancha de rescate y me subí con él y un compañero para guiarlos al peñón. El Lagartija y Mónica insistieron en venir. Pero cuando llegamos allí, cuando llegamos allí...

Bruno prorrumpió en lágrimas. Aún tenía grabada la imagen de una gaviota picoteando el cuerpo sin vida de Eva. Sintió el abrazo cálido de Lidia mientras descargaba todo el torrente de lágrimas que contenían sus ojos.

–¡Fue por mi culpa! ¡Yo la maté!

–No digas eso, Bruno. Tú no tuviste la culpa –le aseguró Lidia.

–Estaba muerta por mi culpa –la contradijo–. ¡La empujé yo!

–Tú no sabías que se daría un golpe. Hiciste todo lo que pudiste para salvarla.

–Ni siquiera fui rápido para pedir ayuda –se recriminó–. Si no me hubiera rendido, quizás ahora estuviese viva.

Lidia lo sujetó de la cara con ambas manos y lo obligó a encontrarse con su mirada.

–Bruno, escúchame –le dijo mirándole seriamente a los ojos–. Tú no tuviste la culpa. Fue un accidente.

Él negaba con la cabeza mientras notaba que sus ojos volvían a emborronarse. Lloraba como un niño pequeño.

–Fui un asesino.

Lidia no permitió que Bruno dejara de mirarla. Tenía una mano puesta en cada mejilla para sostenerle la cara con firmeza.

–Tú no eres un asesino, ¿vale? Que nadie te meta eso en la cabeza, porque no es verdad. Tú la querías y nunca le hubieras hecho daño.

Bruno tragó saliva. Le gustaba el tono con que le hablaba Lidia. Era la primera persona que le decía que no era un asesino. Nunca antes nadie se lo había dicho así. Tanto sus padres como la psicóloga se habían centrado en cómo podía superar la muerte de una novia, pero no habían tratado el asunto que más le acongojaba, quizás porque nunca les había permitido adentrarse en su mundo interior y conocer sus auténticos miedos y preocupaciones.

–Hiciste todo lo que pudiste por salvarla. Aunque hubieras nadado más rápido, seguramente tampoco hubiera servido de nada. No tienes que culpabilizarte por ello.

Bruno la miró desconcertado mientras todo su rostro temblaba. La sombra que se proyectaba de él sobre el pavimento se unía a la sombra de Lidia. Ambas formaban una sola figura. Entonces, sintiéndose movido por un impulso irracional, la besó.

12

No fue al instituto al día siguiente.

Nunca se había sentido tan ridículo. No podía quitarse de la cabeza las palabras de Lidia: «Ahora no es el momento». ¿Cómo había podido hacerse ilusiones tan estúpidamente? Hubiera deseado desaparecer. Aún no comprendía por qué la había besado después de haberle explicado su secreto mejor guardado. Puede que estuviera demasiado sensible. Lidia le había dado muestras de apoyo mientras él le explicaba su pasado, y quizás había confundido sentimientos.

Era un completo imbécil. Lo había estropeado todo. Había querido ir demasiado deprisa y había echado por tierra la relación que más le importaba en ese momento. No sabía hacer nada bien.

Lidia le había dicho que podían hablarlo en otro momento, pero él había perdido todas las esperanzas. ¿Qué pensaría Lidia de él? ¿Que era un oportunista? ¿Que todo lo que le había explicado era una excusa para ligar con ella? No podía soportar que pensara eso, pero la culpa era suya. Él le había transmitido esa imagen, cuando, en realidad, ni mucho menos tenía esa intención.

No sabía cómo transcurrirían los acontecimientos a partir de ese momento. Se le caería la cara de vergüenza si tenía que verla de nuevo. La había incomodado. Y eso jamás se lo perdonaría.

No sabía hacer nada bien. ¡Nada! Era un absoluto desastre. Un idiota. Un completo idiota. Para una chica que le devolvía la ilusión, la cagaba. Su vida era una mierda. Se sentía un estorbo para todos. Sus padres apenas se daban cuenta de que existía. Sus compañeros se la tenían jurada. Y Lidia debía de pensar que era un aprovechado y un salido mental.

¿Para qué seguir viviendo?

El móvil le sonó. Era una llamada de Lidia, pero no quiso responder. No tenía el coraje de hablar después de lo que había hecho. Era un completo cobarde. Un cobarde que no había sabido enfrentarse a El Lagartija.

No era un asesino.

Aun así, no podría quitarse jamás el cargo de conciencia de haber empujado a su novia por un precipicio. Aunque no fuera un asesino, tampoco estaba libre de culpa. Ella no quería tirarse y él no le dio otra opción. Se preguntaba qué pensaría Eva de él si pudiera resucitar. ¿Lo consideraría un asesino? ¿Pensaría que fue un accidente? ¿Le dirigiría la palabra?

Todavía la echaba de menos. Aun así, debía reconocer que desde que había conocido a Lidia apenas se había acordado de ella.

¿Era un traidor?

No sabía cómo contestar a esa pregunta. Eva había sido una chica fantástica y habían tenido una gran afinidad desde el primer día que se conocieron. Su relación no duró más que unos meses, pero había sido una etapa muy feliz y que recordaba con cariño. Sin embargo, ella ya no estaba aquí. Había dejado de existir en su vida. Parecía cruel pensar así, pero no podía vivir de recuerdos. Cuando conoció a Lidia, pensó que podía volver a divertirse, volver a enamorarse y ser feliz, pero estaba claro que ya no tenía ese derecho.

Esa noche no fue a nadar. Cuando sus padres leyeron la citación policial, se enfadaron muchísimo. En realidad, quien se enfadó solo fue su madre. Su padre no decía nada. Ni siquiera se había molestado en explicarles la verdad. ¿Para qué? No le creerían. Y si le creían, no serviría de nada. Tendrían que pagar la multa de todas maneras. No quería ir a la policía a declarar. Ya había dicho todo lo que tenía que decir cuando los agentes acudieron a su casa.

En el instituto le abrirían un expediente y lo expulsarían del centro. Nada importaba lo que él dijera. Sentía que estaba dando gritos sin que nadie lo escuchara. Tenía que haber un culpable y le había tocado a él. No tenía ganas de defender su inocencia. Solo tenía ganas de desaparecer del mundo.

Al día siguiente, Bruno recibió la llamada de Santi. Estaba preocupado porque no había asistido los dos últimos días a clase. Él le contestó que no se encontraba muy bien. No era mentira. Se encontraba fatal. Sentía que su vida no valía nada. Era un completo idiota.

Santi le anunció que había sacado un diez en Educación Física, pero ni siquiera esa noticia le hizo ilusión. ¿De qué le servía?

En breve lo expulsarían del instituto, así que todo le daba igual. Santi no le comentó nada de la expulsión, pero era evidente que debía saber perfectamente que la policía lo había vinculado con el falso aviso de bomba.

Tarde o temprano le llegaría la carta de expulsión. En realidad, tampoco quería volver. Después del corrillo que le habían hecho sus compañeros, había quedado claro que nadie lo apreciaba. Era un apestado y un marginado. Santi le habló de la fiesta de final de curso. Le dijo que esperaba que viniera, pero Bruno no le dio ninguna garantía. Al final, Santi consiguió arrancarle un «me lo pensaré».

Se daba cuenta de que se había quedado sin ilusiones. No tenía ninguna ilusión por aquella fiesta. No tenía ninguna ilusión por acabar el curso. No tenía ninguna ilusión por que llegara el verano. Total, ¿qué haría? No había nada que le hiciera feliz. No tenía ganas de vivir. Si vivir significaba sufrir, prefería morir. Todos sus problemas acabarían. No sería un estorbo para nadie y descansaría en paz, ajeno al mundo.

Apagó el móvil.

No quería recibir más llamadas. Quizás Lidia le volviese a llamar, pero no le importaba.

Encendió el ordenador y accedió a su blog.

En ese momento le apetecía escribir. No era un gran poeta, pero sentía la necesidad de escribir algo. Los dedos se deslizaban solos por el teclado.

Tu recuerdo me ahoga en un mar de sangre.
Quisiera que el cielo y la tierra no existieran.
Que las románticas estrellas explotaran
y la luna gritara de dolor toda la eternidad.
Mis huesos son polvo junto a moscas.
Mi corazón está clavado en el suelo y aplastado por la gente.
Mis ojos se los están comiendo los cuervos.
Lo que queda de mí es culpa vestida de piel humana.
El olor de la muerte me atrapa, porque me he convertido en ella.
Soy muerte.

Publicó la entrada.

No se sentía mejor, pero al menos había conseguido plasmar en unos versos un atisbo de la angustia que lo carcomía por dentro.

Sus padres llegaron a casa. Primero su padre, después su madre. Le preguntaron si quería cenar algo, pero él dijo que no. Se acostó mientras pensaba en lo que haría al día siguiente.

El despertador sonó a las siete en punto.

Tenía una hora para ducharse y desayunar. Antes de marcharse, se detuvo unos instantes delante del acuario. Flecha se había escondido en un pequeño castillo de piedra que tenía en el fondo del acuario. Bruno metió el dedo en el agua. Movido por el instinto, Flecha salió de su guarida y ascendió hacia el dedo de Bruno. Él lo giró haciendo un remolinillo y el pececillo danzó a su alrededor.

Una lágrima le rasgó la mejilla.

–Adiós, Flecha.

Cogió la mochila de playa y se marchó.

El autocar los esperaba enfrente del instituto. Todos hacían cola en las compuertas y Santi, junto con el otro tutor de bachillerato, pasaba lista para comprobar que estuvieran todos.

Cuando Bruno llegó, notó las caras de sorpresa de varios de sus compañeros. Seguro que la gran mayoría no esperaba que viniera. Santi, cuando lo vio, se le acercó y le dio una palmadita en la espalda.

–Me alegro de verte, Bruno –dijo con total sinceridad–. Por un momento, pensé que no vendrías.

Cuando subieron al autocar, Bruno se sentó en el primer asiento, lo más cerca posible del conductor. Apoyó la cabeza en el cristal, aunque podía ver de reojo a las personas que iban pasando hacia el final del autocar. Comprobó cómo pasaba Mónica por su lado y notó su mirada sobre él, pero no le dijo nada.

Cuando todos hubieron subido, Santi caminó por el pasillo y contó para asegurarse de que estuvieran todos.

A la vuelta, quizás no le saldrían los mismos números.

El viaje hasta Cala Canyelles fue tranquilo. El conductor puso la radio y el trayecto se hizo entretenido. Bruno tuvo la cabeza apoyada en el cristal durante todo el viaje. Hacía buen día. El sol brillaba con todo su esplendor y cualquiera diría que ese día prometía ser inolvidable.

Y lo sería.

Al llegar a Cala Canyelles, tuvo la sensación de que el tiempo se había detenido.

Era una playa excepcional. Un manto de pinos recubría la montaña que rodeaba la cala y un velo turquesa se extendía sobre la superficie del mar, una estampa idílica que nada tenía que envidiar a las playas del Caribe.

Eran las diez de la mañana y el lugar ya estaba abarrotado de turistas. Santi y el otro profesor dirigieron la comitiva de alumnos hacia el extremo oeste de la cala, el más despejado de personas.

Cada rincón estaba impregnado de recuerdos. Mientras caminaba, se veía a sí mismo llegando desfallecido junto con El Lagartija. Más adelante, la lancha de salvamento partía de la orilla entre el oleaje. Por la arena que pisaba veía a los socorristas que transportaban el cuerpo de Eva en una camilla.

Imágenes que perduraban en el tiempo.

En el extremo oeste de la playa había barcas que los pescadores varaban en la arena. Los estudiantes instalaron las toallas por esa zona mientras se quitaban la ropa. Bruno puso la toalla en un lugar más apartado, como si no formara parte del grupo.

La mayoría de sus compañeros se abalanzaban al agua, desesperados por el calor que hacía.

Él se quitó la camiseta y los pantalones. Se quedó en bañador.

Caminó lentamente hacia el agua. El primer contacto con el mar le produjo un escalofrío. El agua aún estaba fría. Se metió poco a poco hasta que sumergió la cabeza. Una vez dentro, miró a su alrededor. La mayoría de sus compañeros estaban distraídos, jugando con pelotas y colchonetas. Nadie notaría su ausencia.

Empezó a nadar.

Tenía un objetivo fijo. Nadie se lo impediría.

Nadaba con todas sus fuerzas hacia allí. El mar estaba en calma, no había ninguna ola. Recorrió la costa rocosa, perdiendo de vista la cala, hasta que llegó a su destino.

El peñón se erigía sobre el mar con toda su grandiosidad.

Veía ante sí las dos rocas de abajo. Veía a la gaviota posada sobre el cuerpo de Eva. Veía sus ojos vacíos mirando al infinito.

Se encaramó a la roca.

Fue recorriendo el mismo camino por donde había subido un año atrás. Aún recordaba los lugares donde se paraba y ofrecía la mano a Eva para continuar. Un camino que ella solo subió.

La cima ofrecía un paisaje espectacular. Apenas soplaba viento y el contraste entre el mar y la montaña se definía perfectamente. La mezcla entre el verdor esmeralda del bosque y el azul zafiro del mar convertía aquel rincón en una joya de incalculable valor.

Se acercó al borde del peñón. Las gotas del cuerpo aún le salpicaban los pies.

Se asomó. El mar estaba tranquilo.

Un paso más y todo acabaría. Dejaría de ser un estorbo para los demás. No tendría que soportar más humillaciones, más palizas, más burlas, más insultos, más escupitajos, más ahogadillas... Se quitaría de en medio para no molestar a nadie con su presencia. Por fin respiraría tranquilidad.

Pagaría una muerte con otra. La balanza se equilibraría. Ya nadie le podría reprochar lo que hizo. Ya no tendría que cargar con la losa de su error.

Tenía que dejar de ser un cobarde. Solo tenía que dar un paso.

Ahora tendrían que buscar a otro con quien meterse, porque él descansaría en paz, dejaría de ser consciente de su existencia.

No quería seguir formando parte de un mundo que había sido tan cruel con él. Su vida no valía nada, no tenía ningún motivo para conservarla. ¿Para qué vivir, cuando la muerte le ofrecía la calma que tanto deseaba?

Inspiró hondo.

No había querido despedirse de nadie. A nadie le importaba. Sus padres no lo entendían. Sus compañeros lo detestaban. Y Lidia... Lidia solo había querido ser amable con él. Había pensado que quizás podían ser algo más, que existía algún sentimiento especial, pero era evidente que solo le provocaba pena. ¡No quería dar lástima a nadie!

Cerró los ojos.

Cometió un error. Ahora le tocaba pagarlo.

Todo acababa donde había empezado.

Los dedos de los pies ya no tocaban la roca.

¡Adiós!

–¡Bruno! –escuchó tras de sí.

El corazón se le paralizó.

Era la voz de El Lagartija. Se giró lentamente, con el rostro temblando. Allí estaba su adversario, a dos metros de distancia, clavándole una mirada profunda. Su estampa le produjo un escalofrío.

–¿Qué quieres?

El Lagartija mantuvo silencio.

¿Qué hacía allí? No se fiaba de él. Tenía los músculos en tensión y un traqueteo le sacudía las piernas como una máquina perforadora penetrando en su interior. ¿Cuáles eran sus intenciones?

–Bruno, no lo hagas –pronunció lentamente.

Él soltó una carcajada nerviosa. Tenía gracia que se lo dijera precisamente El Lagartija, quien días atrás le había dicho que se quitara de en medio. ¿Qué quería ahora? ¿Hacerse el héroe? No le daría esa satisfacción. Había dejado de ser un títere en sus manos, él ya no era nadie para dominarlo. La suerte estaba echada y no había marcha atrás. Era la primera decisión valiente que tomaba después de mucho tiempo, y no pensaba permitir que El Lagartija le desbaratara los planes.

–¡Déjame en paz!

El Lagartija dio un paso adelante.

–¡Quieto! –le advirtió Bruno–. ¡No te acerques más!

Él obedeció. Bruno alternó la mirada del precipicio a El Lagartija. ¿Por qué tenía que estar ahí para complicarlo todo? Le fastidiaba que fuera la última persona a quien vería antes de hacerlo.

–Date la vuelta, Bruno.

–¡Vete! ¡Déjame solo!

–Vas a hacer una tontería.

El Lagartija dio otro paso hacia delante.

–¡Estate quieto! –le gritó Bruno con ferocidad–. ¡No des ni un paso más!

Él se detuvo alzando las manos. Estaba a menos de metro y medio de él. Era imprevisible. En cualquier momento, podría abalanzarse y cogerlo de súbito. Miró abajo. Tenía que hacerlo rápido. Solo era un paso.

–Eres un cobarde, Bruno.

–¡No me importa lo que me digas! ¡Estoy harto de ti! –le reprochó apretando los dientes–. Harto de tus palizas. Harto de tus insultos. Harto de escuchar que soy un asesino.

Bruno apartó la mirada y contempló las rocas del fondo. Sentía cómo la sangre de Eva le salpicaba en la cara justo al golpearse la cabeza. La imagen de su cuerpo encallado entre las dos rocas se le cincelaba en las retinas. Veía cómo una mancha oscura se extendía en el mar.

El Lagartija cerró las manos en puños.

–Empujaste a mi hermana. Eso nunca te lo perdonaré, Bruno –sentenció–, pero tirarse no solucionará nada.

–Es la manera de pagar mi error.

–¡Tirarte no hará que vuelva!

–Al menos dejaré de sufrir.

–¡Eres un egoísta! –vociferó El Lagartija–. ¿Te piensas que eres el único que sufres? ¡Yo también la vi con la cabeza abierta!

Un gran terremoto sacudía el mundo. El cielo se oscurecía y el mar se teñía de sangre mientras engullía todo a su alrededor. Solo ellos dos se encontraban en el peñón.

–¡Tú qué sabrás de sufrir! Es horrible que todos me señaléis como el culpable de su muerte. Sobre todo tú –le reprochó Bruno con los ojos inyectados en sangre–. Es horrible. Tú nunca lo sabrás porque nunca te has puesto en mi piel.

–¿Y tú te has puesto en la piel de mi hermana? ¿Crees que ella querría que te tiraras? Tú le quitaste la vida. Ahora te toca vivir la vida que ella no ha tenido.

–¡Ella no merece vivir la mierda de vida que tengo!

El peñón se desmoronaba a su alrededor. Un mar de sangre embravecido los salpicaba por los cuatro costados. Los dos se miraban aventados por una ráfaga que silbaba la palabra muerte.

–Bruno, con una muerte ya hubo suficiente.

–Yo no te importo una mierda, Lagartija, solo que no quieres cargar con el peso de una muerte como he hecho yo. Ahora sabrás por lo que he pasado.

Cerró los ojos.

–¡Bruno, no!

Levantó el primer pie.

–¡Bruno, lo siento!

EPÍLOGO

Juan entró en casa.

No había nadie. La luz dorada del sol vespertino entraba por las ventanas.

En el recibidor encontró el sobre que contenía la sanción de la policía. Lo cogió y se dirigió a la cocina. Se puso delante de la papelera e hizo trizas la notificación. Entonces exhaló un largo suspiro.

Le apetecía un café. Se preparó una cafetera y la puso a fuego medio. Mientras el café subía, sacó el móvil y buscó un número en la agenda de contactos hasta que dio con él. Entonces llamó. Escuchó varios tonos, pero nadie descolgaba. Al final escuchó el buzón de voz. Dudó entre colgar o dejar un mensaje, pero se decidió por la segunda opción.

–Hola, Santi. Soy el padre de Bruno. Hoy en la reunión de padres me hubiera gustado decírtelo, pero no lo he hecho. Solo te llamaba para darte las gracias –hizo una breve pausa–. Gracias de verdad.

Colgó.

La cafetera dejaba salir el humo del café.

La sacó del fuego y se sirvió el café en una taza.

Se sentó en el sofá del comedor con la taza en las manos. Los rayos de sol iluminaban una fotografía de Bruno cuando era pequeño. Sonreía. Hacía tiempo que no lo había visto sonreír así. No conocía ninguna fórmula exacta sobre cómo ser un buen padre. Cada hijo era un mundo, pero tenía claro que él quería formar parte de ese mundo. Si su hijo daba gritos en el silencio, él, desde el silencio, quería socorrerlo.

Dio un sorbo de café. Observó su alrededor detenidamente. Había algo diferente en casa. Echó una ojeada a la estantería que presidía el comedor y entonces cayó en la cuenta.

Se levantó y se dirigió a la estantería. No había rastro del acuario que había ocupado Flecha durante un año.

En su lugar, se encontró con un cactus.